아무에게도 하지 못한 말

중학생, 우리들이 살아가는 이야기

아무에게도 하지 못한 말

중학생 34명 글
한국글쓰기교육연구회 엮음 · 장현실 그림

보리

이 책을 읽는 중학생들에게

겨울 나무처럼

홍은영(한국글쓰기교육연구회 회원, 경기 안성 안성 여자 고등 학교 교사)

며칠 전, 우리 동네에 새로 생긴 큰 슈퍼마켓에 장보러 갔다가, 내가 중학교에서 가르쳤던 아이를 만났습니다. 대걸레로 바닥을 닦고 있었는데 일하는 모습이 참 야무져 보였습니다. 내가 바로 옆에서 한참 보고 있어도 나를 알아보지 못할 만큼 일에 몰두해 있었습니다. 얼마나 반갑던지요. 큰 소리로 이름을 불렀습니다.

아이는 일하던 손을 멈추고 고개를 들어 나를 보더니, 펄쩍 뛰며 환하게 웃었습니다. 나는 일하는 아이 옆에서, 그 동안 어떻게 지냈는지 묻기도 하고, 집안 형편을 묻기도 했지요. 아이는 내가 묻는 말에 스스럼없이 대답하면서도 손놀림을 멈추지 않더군요.

이 아이 1학년 때 내가 담임을 했습니다. 자그마한 아이라서, 키 작은 내가 안아도 내 품에 꼭 들어왔습니다. 얼굴이 까무잡잡해서 감자라는 별명도 있었고, 방실방실 잘 웃는다고 그 아이 오빠는 방실이라고 불렀대요. 체육부장으로 뽑힐 만큼 활달했고, 청소나 주번 활동 같은 것도 몸

사리지 않고 싹싹하게 잘 했습니다. 손을 만져 보면 일을 많이 한 사람의 손처럼 늘 손등이 까칠까칠했습니다.

그런데 2학년이 되더니 조금씩 달라지더군요. 키도 내 키를 넘을 만큼 크고 통통하게 살이 붙어, 이제는 내가 그 아이에게 안겨야 할 만큼 부쩍 자랐어요. 하지만 마음은 더디게 자랐나 봐요. 학교 생활에 흥미를 잃고 공부 시간에 자거나 떠들다가, 선생님이 창피 주거나 혼내면 아무 말도 안 하고 수업을 빠지기도 했고, 밤늦게까지 동무들과 어울려 노느라 다음 날은 지각하기 일쑤였지요.

시간이 흐를수록 더 나빠지는 것 같았습니다. 어른들의 눈을 피할 수 있는 곳을 찾아다니며 동무들과 어울려 술 마시고, 담배 피우고, 거친 욕을 하고, 싸우기도 하고……. 오락실이나 노래방 같은 곳을 드나들다 들켜서 학생과로 불려 와 혼이 나는 횟수도 늘어 갔습니다. 1학년 때와는 너무 달라진 아이 모습을 볼 때마다 마음이 아프고 안타까웠습니다. 무어라고 이야기해 주고 싶었지만 다른 사람들이 "이젠 담임도 아닌데 왜 나서느냐?"고 할까 봐 머뭇거리다, 말할 때를 놓치곤 했습니다.

3학년이 되고 얼마 안 지나 한 번은 이 아이가 여러 동무와 갑자기 집을 나가 한 열흘 학교에 오지 않았습니다. 어떻게 지내는지 궁금하고 걱정이 되었지만, 내가 할 수 있는 일은 아무것도 없더군요. 아이가 그나마 마음을 터놓고 지냈던 사람인데 말이에요. 아이가 학교로 돌아왔을 때, 아이 마음을 알고 싶었습니다. 어디서 아이의 마음이 어긋나 버렸는지를 알고, 엉킨 마음을 풀어 주어서, 처음 보았을 때 모습으로 되돌아가게 하고 싶었습니다.

그래서 지나가는 말로 "이번에 집 나갔던 일을 글로 써 보지 않을래?"

했어요. 언젠가 아이가 공부 시간에 '교환 일기'를 쓰다가 들킨 적이 있었지요. 그 때 나는 교환 일기장을 읽어 본 다음, 거기에 자기가 보고 듣고 겪은 일이나 고민 같은 것도 쓰면 좋겠다고 말하며 돌려 주었어요. 그랬더니 어느 날은 자기 집 이야기며 누군가를 좋아한다는 이야기를 글로 써 왔어요. 그 글을 가지고 아이와 함께 이야기를 나눴지요. 그러다 보니 서로 아주 가까워진 느낌이 들더군요. 아이도 그 때 나와 같은 느낌이었는지, 다음 날 연습장 세 쪽이 꽉 차게 글을 써 왔어요. 하루에 한두 시간씩 사흘 동안, 글을 고친다는 핑계로 아이와 이야기를 나눴습니다. 글 가운데 자세하지 못한 부분을 내가 물어 보면 아이가 대답하고, 나는 아이 말을 받아 쓰고, 내가 다시 읽으면 다시 아이가 다듬고……. 이렇게 하다 보니 아이가 그 동안 살아 온 고단한 날들이며 아이 마음이 환히 보이는 듯했습니다.

한 남학생을 좋아했대요. 하지만 그 남학생에게는 사귀는 다른 여학생이 있어서 자기 마음을 드러내지 못했대요. 대신 그 남학생이 사귀는 여학생과 다퉈서 둘 사이가 벌어질 것 같으면, 그 둘 사이에 난 틈을 메워 주려 했다는군요. 그러는 게 끔찍이 싫었지만 겉으로는 아무렇지도 않은 척, 그 아이들 사이가 나빠진 것을 안타까워하는 척했대요. 그런 자기가 싫고 힘들어서 헤매다 보니 학교에서 문제아가 되어 있더래요. 3학년이 되어서 이 남학생과 이어질 듯 이어질 듯하다가 남학생이 이 아이와 가장 친한 동무와 사귀자 마음이 상했대요.

여기에 새어머니와도 갈등이 더 심해져 아주 힘들었다고 하더군요. 잘 지내다가도 새어머니는 당신 마음에 안 들면 화부터 내셨대요. 당신은 놀면서 아이에게 일을 시키고, 나중에 아이가 일한 것을 보고는 제대로 못

했다고 화를 내시다 끝에는 "이럴 거면 나가라. 친엄마한테 가라." 하며 손과 파리채로 온몸을 때리기도 했대요. 아이 오빠도 새어머니와 싸우고 집을 나갔는데, 그 뒤로는 걸핏하면 "니 오빠도 나갔으니 너도 나가서 오빠와 살아라." 했다더군요. 그럴 때마다 아버지 생각을 하며 꾹꾹 참았답니다. 자식들 없이는 못 산다고 늘 말씀하시는 아버지를 생각해서. 어느 날은 그런 아버지마저 새어머니와 싸운다고, 나가라는 막말까지 했답니다. 그래서 집을 나갔대요.

집 나가서 고생을 많이 했답니다. 술 취한 아저씨들에게 차비 좀 달라며 구걸한 돈으로 밥 사 먹고 여인숙에서 잘 때도 있었지요. 돈이 없을 때는 과자 조각 한두 개로 끼니를 때우거나 쫄쫄이 굶기도 했답니다. 동무 집을 옮겨 다니며 눈치 잠을 자기도 했고, 갈 곳이 없어 밤늦도록 시장을 돌아다니기도 했답니다. 또 공원에 갔다가 돈을 내놓으라는 낯선 오빠들을 만났는데, 돈이 없어서 온몸을 얻어맞고 발에 차이기도 했대요. 집에 들어가고 싶어도 또 나가라는 말을 들을까 봐 그리 못 했답니다. 그러다 함께 집 나온 동무의 어머니에게 잡혀서 집으로 돌아온 거래요.

나름대로 예전보다 학교에 착실히 다니려 하고 수업도 빼먹지 않으려고 애쓰는데 선생님들은 안 믿어 주고, 학교 화장실에서 담배 꽁초 하나만 나와도 함께 집을 나갔던 아이들에게 덮어씌워서, 학교를 그만두고 싶은 마음이 들 때도 있다고 했어요. 하지만 학교에 잘 다니기로 오빠와 약속했고, 문제아로 찍혀서 뜻하지 않게 억울한 처지에 놓이다 보니 후회가 된다고요. 다시 시작하고 싶은데 마음먹은 대로 잘 안 된다고도 했어요.

나는 아이와 이야기를 나누면서, 말썽부리면서도 늘 마음 한 구석에는 사랑받고 싶어하는 절실한 마음이 숨어 있다는 것을 알게 되었어요. 아이들에게 필요한 것은 따뜻한 눈길과 힘을 주는 말, 먼저 내밀어 잡아 주는 손이라는 것도. 내 둘레에 있는 선생님들이 학교 생활에 적응하지 못하는 아이를 보며 "커서 뭐가 되려고 그러는지 모르겠다."고 할 때마다 나는 속으로 생각했습니다. 비록 지금은 흔들리고 있지만 격렬하고 혼란스러운 사춘기가 지나면 제 몸 스스로 돌보며 열심히 살 거라고.

그런데 이렇게 내가 사는 동네에서 실제 그런 모습을 보니 어찌 기쁘고 반갑지 않겠습니까? 내가 산 물건값을 치르려고 계산대 앞으로 갔더니, 그 아이가 거기서 앞 손님 것을 계산하고 있었어요. 내 차례가 되자 계산하는 아이에게 또 이것저것 물었지요. 어디 살고 있는지, 오빠는 어떻게 지내는지……. 아이는 계속 일을 하면서도 시내로 이사 온 이야기며, 식구들이 모여 사는 이야기를 짤막하게 들려 주며 빙긋이 웃더군요. 일은 할 만하냐고 물었더니, 하루에 열 시간 넘게 서서 일을 해 다리가 퉁퉁 부을 때도 많지만, 스스로 돈을 벌어 자기 힘으로 살 수 있으니 참을 만하대요. 몇 년 사이에 부쩍 자란 제자를 보니 참 듬직했습니다.

이 책에 실린 글들을 읽으면서, 내가 만났던 많은 아이들 모습이 떠올랐습니다. 그 아이들도, 앞에서 이야기한 제자처럼 자기가 서 있는 자리에서 열심히 살고 있으리라 믿습니다. 비록 남들이 보기에는 화려하지도 않고 힘들어 보이는 직업일지라도 자기 일을 귀하게 여기며 하루하루 성실하게 살고 있을 겁니다. 사실, 이런 사람들이 모여서 우리 사회를 움직이고 있는 것이 아닐까요?

여러분도 귀 기울여 보세요. 여러분과 똑같은 동무들이 살아가면서 꾸밈없이 솔직하게 쓴 진짜 이야기에. 마음 아픈 이야기도 있고, 부끄러워 아무에게도 말하지 못한 이야기도 있습니다. 그런가 하면 어른들을 부끄럽게 하는 이야기도 있고 마음이 훈훈해지는 이야기도 있습니다. 눈물로 마음을 맑게 씻어 주는 이야기도 있습니다. 읽다가 이런 말이 저절로 튀어나올지도 모릅니다.

"아니, 이거 내 이야기잖아! 우리 사는 모습이랑 똑같네."

이 겨울 지나면 상처에 새 살 돋듯, 잎이 진 자리에 새 잎 돋아나는 봄이 옵니다. 추위와 눈보라 이겨 내고, 더욱 푸른 잎을 키우며 쑥쑥 자라는 나무들처럼, 여러분들도 저마다 지닌 상처와 아픔, 어려움을 이겨 내고 힘차게 자기 삶을 이끌어, 좋은 세상 만드는 튼튼한 일꾼으로 자라 주길 바랍니다.

2001년 11월

차례

3부 스스로 일하는 즐거움

-일하는 이야기

4부 번개치는 날

-이웃과 자연

■ 일러두기

1. 이 책에 실린 글은 거의가 1990년 이후에 중학생들이 쓴 글과 문집, 한국글쓰기연구회 회보 들에서 골랐습니다.
2. 띄어쓰기와 잘못 쓴 글자는 바로잡았습니다.
3. 사투리와 입말은 아이들이 표현한 대로 두었습니다.
   (언능 들어가/엄마는 죽을라고/그 한마디에 쫄아서/너네집 그지냐?/느꼈으면 하고 바랬다)
4. 우리 말법에 어긋난 것 가운데 다음과 같은 표현들은 바로잡았습니다.
   (갔었다→갔다/웃으시곤 하셨다→웃곤 하셨다/1개씩→한 개씩)

1부 우리 형은 키가 작다

— 우리 식구, 우리 집

우리 집

우리 집 이야기

우리 아버지

엄마의 잔소리

우리 형

형

할머니의 머리카락

노할머니의 죽음

빚보증 때문에 생긴 일

도둑질

나는 왜 학교에 다니는가

15년 된 우리 집 텔레비전

우리 식구 이야기

저기 있는 빨간 기와집.
거기가 우리 집입니다.
할머니, 아빠, 오빠, 나, 동생
그렇게 다섯이 살고 있답니다.

우리 아버지는
험상궂게
생기셨다.

특별한 기술이 없어, 집 짓는 곳에서
무거운 걸 나르거나, 시멘트 바르는 일을
하신다. 노동자이시다.

화가 나서 술을 마실 때도 있고
술을 마시고 화를 낼 때도 있다.
무서워…

내가 어릴 때부터 엄마, 아빠는
자주 싸우셨고
쨍그랑-
쨍그랑-

그 때는 엄마가
더 안쓰러워 보였다.
엄마-
왜 울어?

자주 집을 나가시던 어머니는 결국
내가 5학년 때 집을 나가셨다.

그 후, 아버지는 더욱 술을 자주
드셨고 화도 더 많이 내셨다.

지금은 우릴 떠나간 엄마가
더 밉다.
엄마라고 부르고
싶지도 않아.

어머니가 떠난 뒤,
고생하시는 할머니.
지금 연세는
예순여섯이다.

할머니는 일찍 일어나신다.

개밥과 물을 끓이시며
하루를 시작하신다.

아침상을 준비하시고

내 점심을 싸 주시고
나와 동생의 밥을 차려 주신다.

우리가 학교 가고 나면
할머니는 무얼 하실까.

집에 돈이 떨어질 때쯤
무도 꺼내고, 김치도, 무말랭이도 모두
모아 커다란 대야에 담으시고...

시장 한 구석에 앉아 파신다.
그리고 반찬 몇 가지를 사서 돌아
오신다.
할머니이~
오냐~ 아고 다리야~

나도 가끔 부지런해져서
할머니를 도와야겠다고 생각한다.

그런 생각을 하는
내가 기특하다.

우리 오빠는
공고 1학년이다.
중학교 때,
공부를 잘해서
인문계 고등 학교에
갈 수 있었지만...

가정 형편을 생각해서 공고에
들어갔다. 우리 식구 모두 자랑스럽게
생각한다.

오빠가 공부 때문에 늦게 집으로
돌아오면 내가 밥을 차려 준다.
야ー 밥 차려와.
응ー

할머니는 일찍 주무시고, 공부하느라
피곤한 오빠에게 이 정도는 불만 없다.
야ー 물 가져와.

여기 물.
이걸 마시라고 가져오냐? 대접에 퍼와.

그렇지만
물 좀 가져오는 게 그렇게 떫냐?

이럴 땐 정말 화가 난다. 이 정도로 끝나는 게 아니다.
씨, 나는 천사가 아냐.
밥상 치워-

우리 오빠는 밖에서는 고상한 척하고 집에서는 이기적인 이중 인격자이다.
설거지해라.
난 노예야. 오빠가 없었으면 좋겠어.

얘는 내 동생 교학이다
둥글넓적하고, 키가 작고 좀 멍청하게 생겼다.

손에는 사마귀가 오돌도돌 나 있고 꺼멓다. 근데 얼굴은 까맣지 않다.

남의 말은 잘 듣는데…
용철이…학교에서 똥쌌대…
진짜야?

선생님 말은 안 듣는 말썽쟁이이다.

옷차림새도…

어떤 땐 신발을 거꾸로
신기도 한다…… 걱정이다.

나는 중학교 2학년
키작은 소녀이다.

우리집 주변은
무척 아름답다.

여름엔 옥수수가 조금씩 자라고
파란 고추가 열린다.

감나무엔 익지 않은 파란감이
열려있다.
그리고…

그 곳엔 세상에 하나 뿐인 우리
식구들이 살고 있다.

우리 집 소개 그만 하겠다.

우리 집

강원 속초 설악 여자 중학교 2학년 김현경

조양동에 있는 우리 마을은 청대리라 한다. 이 곳에 빨간 기와집, 우리 집이 있다. 우리 집은 원래 부엌 하나, 방 두 개, 작은 마루 하나였다. 부엌에선 아궁이로 불을 지폈다. 지금은 집을 많이 고쳐서, 부엌을 없애고 내 방을 짓고 집을 조금 늘려서 큰 거실에 주방까지 만들었다.

우리 집 주변은 무척 아름답다. 집 둘레가 밭으로 둘러싸여 있다. 집 뒤에 있는 밭 하나는 우리 밭이고 다른 밭은 남의 밭이다. 계절 중 여름이 가장 아름답다. 옥수수가 조금씩 자라고, 고추도 새파랗고, 감나무엔 아직 익지 않은 파란 감이 열려 있다. 이런 곳에 아버지, 할머니, 나, 동생 이렇게 넷이 산다.

우리에겐 작은 밭이 세 개 있다. 우리 집 앞에 밭 하나가 있고, 싸릿골이란 곳에 밭 하나, 우리 집에서 조금 떨어진 곳에 하나 이렇게 밭이 세 곳에 있다. 이 곳에 고추, 감자, 고구마를 심는다.

고추를 심으려면 비닐을 땅에 까는데 이 일은 나, 아버지, 할머니가 같이 한다. 고추 심을 구멍은 아버지가 가르쳐 주는 대로 내가 뾰족한 나무로 구멍을 낸다. 가을엔 할머니와 내가 하나씩 익은 것만 골라 딴다. 바쁠 때면 내 동생, 아버지도 같이 딴다. 감자, 고구마는 내가 좋아해서 심는다. 내가 좋아하니깐 할머니가 심어 주신다. 감자, 고구마는 어떻게 심는지 할머니가 심어서 나는 모른다. 감자, 고구마를 캘 때는 내가 도와 드린다. 호미로 하나씩 파서 고구마, 감자는 바구니에 담고, 고구마 줄기는 잘 다듬어서 데쳐 맛있게 볶아 먹는다.

우리 집 가장인 아버진 노동자다. 한 몸을 바쳐 일하시는 분이다. 우리 아버진 특별한 기술이 없어서 집 짓는 데서 벽돌, 나무 같은 무거운 걸 나르시거나 시멘트를 바르는 일을 하신다.

아버진 얼굴이 험상궂게 생기셨다. 얼굴에 흉터 자국이 몇 개 있다. 나이 따라 주름살도 조금씩 늘어 가신다. 우리 아버진 화를 잘 내신다. 그래서 난 언제나 아버지가 무섭다. 언제 화를 내실지 모른다. 화가 나면 술을 많이 잡수시는데 화풀이는 집에서 하신다. 화풀이는 주로 말로 하는데 심할 때는 물건을 집어던지는 경우도 있다. 하지만 술을 안 잡수시고 화를 안 내실 땐 정말 좋은 아버지다.

엄마. 엄마와 아버지는 별로 신중하게 결혼하신 것 같지 않다. 내가 할머니께 들었는데, 아버지가 빨리 결혼을 해야 한다며 엄마랑 결혼했다고 한다. 누군가 "엄마가 좋니, 아빠가 좋니?" 하면 대부분 엄마가 더 좋다고 한다. 하지만 난 엄마가 싫다. 엄마라고 부르기 싫을 만큼…….

처음, 그러니깐 중학생이 되기 전까진 아버지가 싫었다. 내가 유치원에 들어가고 나서 부모님의 부부 싸움은 계속됐다. 우리 아버진 술만 안 잡수시면 아주 좋은 아버지다. 술을 자주 잡수시곤 엄마와 싸우는 아버지가 싫었다. 난 엄마, 아빠가 싸움을 하실 때마다 밖에서 울었다. 안에서 요란한 소리가 나고……. 그 때까진 난 엄마보단 아버지가 미웠다. 엄마는 내가 5학년 때 집을 나가셨다. 엄마는 나도 모르게 나가셨다. 학교 갔다 오니 엄만 없었다. 할머닌 엄마 욕을 많이 하셨다. 난 할머니께 내가 젖먹이일 때 엄마가 나갔다 들어오시곤 했다고 들었다. 지금은 아주 나가신 엄마지만…….

그래서 고생하시는 할머니. 할머니의 지금 연세는 66세이시다. 머리는 곱슬곱슬, 흰 머리가 듬성듬성 나셨다. 얼굴엔 나이만큼 주름이 많으시다. 할머니의 하루 일과는 새벽 4~5시부터 시작된다. 아침에 일어나시면 물과 개밥을 끓이신다. 우리 집엔 개밥과 물을 끓이는 데가 따로 있다. 집 앞에 아궁이 같은 곳을 두 개 만들어서 할머닌 그 곳에서 개밥과 물을 끓이신다. 그렇게 대충 준비해 놓고 방으로 와 아버지 아침상을 차릴 준비를 하신다. 준비가 끝나면 잠깐 눈을 붙인 다음 아침상을 차리신다. 여섯 시 반쯤에 아버지는 아침밥을 잡수시고 일하러 가신다. 그러면 할머닌 내 점심을 싸 주시고 나와 동생의 밥을 차려 주신다.

그 이후 난 학교를 가기 때문에 어떤 일을 하시는지 모른다. 가끔 시장에 가신다는 것밖에. 할머닌 집에 돈이 떨어질 때쯤 시장에 가신다. 무도 꺼내고 우리 집 김치도 무말랭이도 모두 모아 커다란 대야에 담으신다. 한 구석에 비닐 봉지, 그릇을 넣으시고 보자기로 잘

싸신다. 똬리를 머리에 올려놓고 대야를 머리에 이고 시장으로 가신다. 그리고 시장 한 구석에 앉아 하나하나씩 파신다. 올 때면 반찬거리 몇 개 사서 오신다. 오시면 춥다고 이불 속에 누우신다. 어떨 땐 너무 아파 하루 동안 계속 누워 계신 적이 있다.

지금 난 중 2인 키 작은 소녀이다. 나보다 더 작은 아이들도 있지만 난 내가 너무 작게 보인다. 난 집에서 별로 하는 일이 없다. 가끔 설거지를 하고 할머니를 도와 드린다. 숙제도 하고. 할 일이 많은 날은 일요일이다. 설거지, 방 청소, 정리 정돈을 한다.

나는 아버지께 게으르단 말을 많이 듣는다. 사실은 내가 생각해도 게으르다. 바로 눈앞에 쓰레기통이 있어도 쓰레기를 던져 넣거나 내 동생한테 버리라고 시킨다. 하지만 이젠 나도 부지런한 아이가 되려고 노력한다.

우리 집의 막내, 내 동생은 교학이다. 아버지가 교학이를 업고 학교에 갔다가 생각난 이름이라고 한다. 교학이는 순진하면서도 멍청이라고 할까? 남의 말을 잘 듣지만 선생님 말은 안 듣는 말썽쟁이다. 또 멍청하게 생겼다. 속옷을 겉에 내놓고 다니지를 않나, 신발을 거꾸로 신지 않나. 어쩔 땐 옷차림이 말이 아니다. 내 동생은 둥글넓적하다. 입은 동글게 되어 화나면 삐쭉 나온다. 키는 나처럼 작은 편이다. 손에는 사마귀가 오돌도돌 나 있고 꺼멓다. 얼굴은 까맣지 않은데 말이다.

우리 집 식구를 더 말하자면 토끼도 있고 개도 있다. 작은아버지가 토끼 두 마리를 사 오셨는데 지금은 열일곱 마리로 늘어났다. 회색빛이 도는 암놈이 새끼를 낳았는데 여섯 마리, 일곱 마리, 여덟 마리 이렇게 낳았다. 그런데 다 죽고 지금은 열일곱 마리밖에 안 남았다.

우리 집 개는 아홉 마리. 누렁이, 얼루기, 흰둥이가 있다. 누런 어미개가 새끼를 여섯 마리 낳았다. 모두 누렁이이다. 어미 누렁이는 개 중의 왕비다. 힘이 얼마나 센지 자기보다 큰 수캐한테도 이긴다. 흰 바탕에 누런 점이 땡땡 있는 얼루기는 수캐다. 어릴 땐 고양이만 했는데 지금은 갓 태어난 송아지만하다. 흰둥이는 암캐. 앞집에서 사 왔는데 풀어 놓으면 앞집으로 계속 간다. 지금 누렁이랑, 흰둥이, 토끼 두 마리는 새끼를 가진 어미들이다.

내가 할머니 집에 이사 올 적엔 개가 무지 많았다. 그 땐 할머니는 개가 많다고 개장수가 오면 값을 불러 팔았다. 작은 새끼는 통통하게 살을 찌워서 팔았다. 어떨 땐 마을 사람한테 팔 때도 있다. 마을 사람한텐 값을 많이 못 부른다. 마을 사람과 정이 있어서 그런지 개장수보단 많이 받지 못한다. 이제 우리 집 개는 하나하나 크면서 팔려 갈 것이다.

우리 집 소개를 이제 그만 하겠다. (1996년 3월 22일)

우리 집 이야기

강원 속초 속초 중학교 2학년 최명섭

나는 강원도 속초시 새한 병원에서 태어났다. 난 어려서부터 몸이 약해 부모님 속을 많이 썩여 드렸다. 경기, 폐렴, 감기……. 그래서인지 내 손금의 생명선은 유난히도 짧다.

아버지는 젊은 나이부터 세공 일을 배우셨다. 세공 일을 하면서 사람 몸에 해로운 염산이나, 염산과 질산을 섞어 금을 녹이는 데 쓰는 왕수 따위를 만지는 것은 보통이었다고 한다. 또 금을 녹일 때 생기는 황산가스나 탄산가스를 마시고 술과 담배까지 해서 폐가 몹시 안 좋다.

내가 초등 학교 1학년 때, 아버지는 고생 끝에 금은방을 차렸다. 내가 5학년 때까지만 하더라도 여행도 많이 다니고 잘 먹고 잘 커서 배고픈 줄도 모르고, 남이 굶는 걸 보면 이상하게 생각했다. 내가 6학년 때에는 아파트에 전세도 들어가고 땅도 4백 평가량 샀다. 하지만 카드 회사에서 빌리고, 남에게 빌려서 샀기 때문에 그리 마음 편하지는 않았다.

아이엠에프가 터지자 금 모으기 운동 때문에 우리 가게는 장사도 안 되고 빚에, 이자가 너무 불어나서 가게 문을 닫았다. 가게 문을 닫고 나서 다시 일어서려고 아버지는 다른 빚을 내어 낚시 집을 새로 차렸다. 하지만 그것도 오래 가지는 못했다. 돈 내놓으라고 빚쟁이들이 찾아와 가게를 차지하고 앉아 손님도 못 오게 했다. 돈이 없다고 하면 이잣돈이라도 내놓으라는 것이었다.

"우리가 돈이 없으니까 못 주지, 돈 있으면 당신들만 안 주겠소?"

하지만 통할 리가 없다.

"내 돈을 썼으면 갚아야 하는 게 당연한 거 아니야!"

우리가 돈을 주지 않자 우리 집 곳곳에다가 차압 용지를 붙이고 전셋돈까지도 차압을 해 버렸다. 너무 괴로운 나머지, 아버지는 또 알림방이나 교차로에 나오는 더러운 도둑놈들의 돈을 쓰셨다. 이자는 다 갚아서 좀 편했지만 그리 오래 가지는 않았다. 전화에다 대고,

"야, 너 죽고 싶어? 내 돈을 썼으면 내놔, 이 개새끼야!"

"좀더 기다려 주세요."

"내 돈을 썼으면 빨리 가져와야 될 것 아니야!"

정말 입에 담을 수 없는 이야기를 막 하는데 나는 소름이 끼쳤다. 그놈들이 옆에 있었으면 싸대기라도 때릴 텐데. 악이 받쳤다.

그 바람에 아버지와 어머니는 많이 다투셨다. 정말 살맛이 안 났다. 학교 선생님 말이 귀에 들어오지도 않았다. 난 세상이 미워서 죽어 버리고 싶었다. 하지만 안타깝게도 죽을 용기가 나지 않았다.

그 새끼들 때문에 전화 번호도 많이 바꿨다. 정말 많은 생각을 했다. 집에 들어오기도 싫었고 부모님께서 싸우는 모습도 보기 싫었다. 하지만 그 때마다 우리 하나만 바라보고 사시는 부모님이 떠올라 차마 행동으로 옮기지는 못했다. 모두 자식들 하나 먹여 살리려고 노력하시는 것을 알기 때문이다. 아버지는 워낙 말솜씨가 없으셔서 돈이 꼭 있어야만 해결을 하신다. 아버지는 맨날 술로만 사셨다. 이런저런 생각도 많이 해 보았지만 맨날 헛수고였다.

드디어 그 나쁜 사람들은 벌써 차압 용지가 붙은 가구에 차압 용지를 또 붙였다. 그리고 욕을 하며 협박을 했다.

"야, 이 개새끼야, 죽고 싶어? 너, 그렇게 세상 살기 싫어? 어?"

지옥이 따로 없었다. 아버지께서는 너무 괴로워서 죽을 생각을 하신 것 같았다. 칼을 들고 우시는데, 그 때 나도 눈물이 핑 돌았다. 왜 내가 이렇게 살아야 하나? 내가 전생에 무슨 잘못을 했길래…….

드디어 일이 터지고 말았다. 내가 중학교 1학년을 다니던 때였다. 술로만 사시던 아버지가 어머니를 때려서 어머니는 집을 나가셨다. 어린 나로서는 도저히 이해가 가지 않았다. 그깟 돈 때문에 어린 자식들을 놔 두고 나가시다니……. 엄마 없는 아이로 따돌림당할까봐 겁도 났다. 하지만 아버지가 빨리 정신을 차려서 어머니에게로 달려가 두 손, 두 발 싹싹 비셨다. 그래서 어머니는 다시 우리 집에서 사시게 되었다. 학교에서 돌아오면서 어머니를 보는 순간, 난 눈물이 핑 돌았다.

아버지는 아무 일도 안 하셨다. 아니, 일거리가 없었다. 정부에서 하는 공공 근로 사업을 신청했지만 아버지 차례가 오지 않았다. 백

수로 사시던 아버지를 도우려고 어머니는 식당에 가서 일을 하셨다. 하지만 아는 사람들도 많고 자존심 때문에 오래 가지는 못했다. 식당 일을 그만두고 오징어 순대 공장에 다녔지만 그것도 금방 그만두셨다. 그 뒤에 프라자랜드 일용직으로 옮기셨다. 하지만 월급이 은행 통장으로 들어가서 돈을 찾을 방법이 없었다. 그래서 오늘, 그 일도 그만두셨다. 그래도 다행인 건 뭐냐면, 삼촌 월급으로 검은 돈을 다 갚았다. 사실은 삼촌이 갚아 주고 싶어서 그런 게 아니라, 그 놈들이 삼촌 월급에다가 차압을 붙여 돈을 받아 낸 것이다.

내일 부모님은 법원에 가신다. 사채업자와 은행에서 부모님을 사기죄로 고발한 것이다. 내일 법정에서 잘 해결해야 될 텐데, 걱정이다. 그래도 다행이다. 우리가 고성에 사 놓은 땅이 며칠 전에 팔렸다. 4백 평을 3천만 원에 팔았다. 하지만 그 돈 가지고 새 발에 피도 되지 않는다. 빚은 2억 정도인데 겨우 3천만 원 가지고는 턱없이 모자란다. 더구나 전세로 있는 우리 집 계약이 6월 1일이면 만기가 되어 방을 빼야 한다. 전세금도 받지 못하고 가구도 그대로 놔 두고 나가야 한다. 당장에 길거리로 쫓겨나게 생겼다. 6월 1일이면 얼마 남지 않았는데, 걱정이다. 하지만 난 부모님을 믿는다.

난 학원에도 다니고 싶지만 그냥 예습, 복습만 해야겠다. 우리보다 더 어려운 사람들도 이겨 내는데 우리라고 뭐……. 나도 모르게 가난한 사람들의 마음을 이해하고 좀더 강해진 것 같다. 내가 기필코 공부를 열심히 해, 이 썩은 세상을 고쳐 놓겠다. (1999년 3월 8일)

우리 아버지

강원 평창 평창 중학교 2학년 전경하

나의 아버님은 지금 이 세상에 계시지 않는다. 하지만 나의 아버님은 살아 계실 제, 우리에게 많은 이야기와 좋은 말씀을 해 주셨다. 그 이야기들을 좀 적을까 한다.

우리 아버님은 남에게 칭찬을 많이 받으셨다. 무엇이든 한번 하면 성의 있게 하시기 때문이다.

내가 국민 학교 5학년 때이다. 아버지는 아침 일찍 모를 심으러 가셨다. 나는 너무 늦게까지 잠을 자서 아버지께서 일을 하러 가시는 것을 보지 못했다. 토요일이라 집에 일찍 왔다. 그 날은 우리 집 주위에서 모내기를 하는 사람들이 없었다. 우리 집은 사방이 모두 논인데다가 뒤에는 공동 묘지가 있어, 사람들이 모내기할 때나 추수할 때면 우리 집에서 점심 진지를 드셨다. 나는 우리 집에서 점심 먹는 것을 무척이나 좋아했다. 우선 모밥을 먼저 먹는다는 것이 제일 좋았다. 일꾼들이 다 먹고 나면 남은 반찬이나 공밥을 주었다. 반찬도 내가 좋아하는 것만 있어서 참 좋았다. 그래서 나는 아버지가 일하시는 논을 찾아갔다. 용기가 없어서 가까이 가지 못하고 그냥 멀리서 가만히 서 있었다. 그러면 아주머니께서는 밥 먹고 가라고 말씀을 하신다. 나는 먹고 싶으면서 체면상 가지 않으면 아버지가 오라고 하셨다. 그러면 얼른 가서 먹곤 했다.

그리고 잠시 후 모내기 구경을 해 보면 어른들께서는 누가 더 빨리 모심기를 하나 내기하신다. 그럴 때 보면 아버지는 손이 안 보일 정도로 빨리 심으신다. 그래서 아버지는 '마이크' 라는 별명과 '이앙기' 라는 별명이 붙게 되었다. '마이크' 란 별명은 아버지가 모내기를 하실 때 음성이 가장 크시고 노래를 잘 부르셔서 지은 것이고, '이앙기' 란 별명은 아버지가 모내기를 하실 때 손이 안 보일 정도로 빨리 심으셨기 때문이다. 한때는 우리 동네에 '마이크' 란 별명이 유행했다. 아버지는 다른 아저씨들과 내기하여서 이기셨다. 그런데 술도 드시지 않고 솔 담배로 받아 오신다. 저녁에 오실 때는 그 집에서 새참으로 받은 빵을 주머니에 넣었다가 오실 때 가져오셔서 우리를 갖다 주시곤 하였다. 이런 때에는 빵말고도 대추, 과자도 갖다 주셨다. 또 아버지는 품팔이 값을 하나도 쓰지 않고 어머니께 몽땅 갖다 드렸다.

그리고 저녁에 오시면 우리가 수수께끼나 동화책을 볼 때, 아니면 한문책을 볼 때 아버지께서는 수를 놓아 주셨다. 그리고 수수께끼를 하시면서 허허 웃곤 하셨다. 또 가끔 동화도 들려 주셨다. 암행어사 박문수 이야기도 맨 처음 아버지한테서 들은 이야기이다. 그 때 아버지께서 말씀하시던 것과 지금의 동화책과 비교해 볼 때, 아버지께서 말씀해 주신 것이 훨씬 더 재미있었던 것 같다. 임경업 장군과 안중근 의사 이런 이야기들과, 사람이 용이 되었다고 하시고, 또 우리 학교만한 고래를 보셨다고도 했다.

또 아버지는 이런 것만이 아니었다. 아버지께서는 궁합도 잘 보셨다. 육십 갑자를 거꾸로 모두 외우곤 하셨다. 한번은 내가 한문책을 볼 때 아버지께서 "내가 한번 거꾸로 외워 보겠다." 하시며 줄줄 외우셨다. 난 깜짝 놀랐다. 평소에 아버지께서 일만 하시는 분으로 생각해 왔는데 이렇게 아는 것이 많으신 줄은 몰랐다. 나는 내 자신이 부끄러웠다. 그리고 아버지가 자랑스러웠다.

이렇게 훌륭하신 아버지께서 언제부터인지 속병을 앓으셨다. 회갑을 지내신 뒤부터 아버지께서는 '식소다' 로 사셨다. 이런 일이 있었다. 아버지께서 속이 아프다고 하시면서 식소다를 드시자, 큰형이 속병을 낫게 하는 것이 아니라 더 심해지게 한다고 했다. 그 후 아버지께선 약을 드셨다. 그래도 아버지의 속병은 점점 나빠져 갔다.

어느 날, 아버지께서 하평 약수터에 약숫물로 문둥이 병을 고친 사람이 있었다고 하셨다. 그래서 나는 그 때부터 학교가 끝나자마자 친구들의 자전거를 빌려서 타고 조청통에 약숫물을 떠다 드렸다. 아버지께선 이 물이 아주 맛있고 이 물을 먹으니 좀 덜 아프다고 하셨다. 며칠 동안은 친구의 자전거를 빌려서 갔다 왔는데, 다음엔 친구들이 자전거를 잘 빌려 주지 않았다. 그래서 나는 걸어서 하평 약수터에 갔다 와야 했다. 우리 집에서 약수터까지는 약 두 시간쯤 걸린다. 한 번 걸어갔다 오면 등이 다 젖고 물이 반 정도도 안 되었다.

그것도 잠시뿐. 그 후 한 달 정도 있다가 아버지는 1987년 8월 22일, 69세의 연세로 인생을 마치셨다. 아버지께서 돌아가시기 전에 우리에게 항상 따뜻하게 대해 주시던 모습이 아직도 눈에 선하다.

(1988년)

엄마의 잔소리

강원 속초 설악 여자 중학교 2학년 윤혜주

요즘 들어 엄마의 잔소리가 더욱더 늘어 간다. 나 또한 그 잔소리를 받아야 한다니 돌겠다. 그냥 아무것도 아닌 일로 이년, 저년 하고, 집에 있기가 싫다.

그럼 하루에 잔소리를 몇 번이나 들을까?

아침,

"야! 일어나. 이제 이 쌍년에 가시나가 깨우지 않으면 아주 내내 자, 응?"

매일 아침 대사다. 세수하면서 머리 감으면,

"뭔 놈의 머리를 매일 감어? 머리팍에 피도 안 마른 게. 개똥멋만 들어서."

난 머리를 감고 나서 드라이를 한다.

"대충 닦고 그냥 가지 웬 또 드라이야, 응? 전기세가 남아 돌아가, 응?"

그래서 난 화가 나서 입이 나와 교복을 입고 도시락을 가지러 부엌에 가면,

"저년의 가시나, 왜 입이 댓 발 나왔어? 쇄잔대기를 끊어 버릴까 보다, 응?"

난 그전보다 입이 더 나와서 학교를 간다. 엄마는 돈 5백 원을 주며,

"하루라도 안 사 먹으면 안 돼? 응?"

그래서 난 한시라도 빨리 집을 나온다.

학교 끝나고 집에 들어간다.

"왜 이렇게 늦었어?"

"왜요? 매일 오던 시간인데."

"다른 애들은 벌써 오던데?"

"걔네들은 보충 수업 안 하니깐 그렇죠."

"지랄하고 있네."

난 또 인상이 굳는다. 학원에 갈 준비 하고 나오면서 내 멋대로 워커를 신고 나가니까,

"저년의 가시나가 아직도 똥멋이 들었어. 요즘에 그런 걸 신고 다니니? 응?"

"그럼 뭐 신어요?"

매일 내가 하는 일 하나하나 다 잔소리다.

그리고 저녁,

"혜주야, 빨리 나와 숟가락 안 놔? 밥상 차려."

'으그, 숙제하고 있는데 또—.'

난 속으로 그러면, 엄마가 탁 째려본다.

밥 먹고 설거지 안 하면 쌍년의 간나, 미친년의 간나 막 나온다. 그러다 친구한테 전화 오면 또 왜 전화하냐고 막 욕한다. 그러고 나서 나한테 또 막 뭐라고 그런다.

휴, 요즘은 더 심하다.

집에 있는 동안은 난 내 귀에 귀마개를 하고 있는다.

(1996년 9월 24일)

우리 형

인천 부평 중학교 2학년 박인균

우리 형은 지금 인천 기계 공고 건축과 1학년이다. 형은 중학교 때 공부를 잘 해서 인문계 고등 학교에 갈 수 있었다. 그러나 실내 장식 인테리어와 레스토랑을 같이 하시는 아버지 뒤를 이을 생각인지 공고로 간 것이다. 그렇기 때문에 형은 인천에 있는 공업 고등 학교 중에서 제일 좋은 인천 기계 공고에 지원하였고, 과에서 2등, 반에서 1등으로 들어갔다. 형에게 왜 공고로 갔냐고 물어 보니, 그냥 웃으며 자신이 좋아서 갔다고 하였다.

그 후에 형은 자신의 소질을 개선하고 키우기 위해 건축 학원에 등록했다. 형은 학교에서 공부가 끝나면 보충 수업을 받고 곧바로 학원에 가기 때문에 매일 밤 9시가 지나 10시가 다 되어서 집에 들어온다.

어제도 형은 밤 9시 40분쯤에 왔다. 뿌옇게 흐려진 안경 너머로 창백해진 얼굴과 힘이 빠져 축 늘어진 어깨를 보니, 형이 무척 피곤

해 있음을 알 수 있었다. 형은 책가방을 털썩 내려놓더니 도시락과 실내화 주머니를 꺼냈다.

"야, 밥 차려 와."

보충 수업이 끝나서 학원에 바로 가기 때문에 간식조차 먹을 시간이 없는 형이 집에 오자마자 하는 말이다. 나도 공부하느라고 피곤한 형에게 밥을 차려 주는 것까진 아무 불만이 없다. 어머니께선 아버지와 함께 인테리어, 레스토랑에서 장사를 밤 12시 정도까지 하시기 때문에, 밥을 차려 줄 사람이 없기 때문이다.

"야, 물 가져와."

물을 갖다 달라고 하면 기분 좋게 갖다 줄 텐데 이건 완전 명령식으로 "가져와!"라고 말하니 동정심이 가다가도 화가 치민다. 그래도 형이 험한 말을 잘 한다는 건 내가 잘 알고 있기 때문에 참을 수 있다. 그러나 밖에서는 말도 조심히 하며 혼자 고상한 척하며 집안일은 모두 자신이 하는 것처럼 행동하기 때문에 나는 형을 이중 인격자로 보고 있다. 내가 보통 유리 컵에 물을 떠 가지고 가면,

"야, 임마, 이걸 나 마시라고 가져왔냐? 짜샤, 대접에다 퍼 와."

라고 말한다. 이런 잔소리까지 들어 가며 궂은 일까지 잘 하는 내가 가끔 천사로 느껴질 때가 있다. 그러나 내가 이런 것을 못 참고 싫다고 하면,

"이 새끼가 좀 가져오랬더니, 야! 뎳냐?"

하고 막 날 때리려고 한다. 그래서 나는 군말 없이 형 말에 따라야 한다. 그리고 밥을 다 먹은 후에 자신은 방 한쪽에 이불을 깔고 누워서 텔레비전을 보고 나에게는,

"인균아, 밥상 치워."
하고 말하니 나는 스트레스를 두세 배로 받는 것이다.

이것만 시켜도 이러지는 않겠다. 우리 집은 연탄 보일러를 사용하기 때문에 연탄이 꺼지기 전에 갈아 넣어야 한다. 이 연탄 가는 일은 언제나 내가 맡아서 한다. 하도 많이 해서 이제는 습관이 되었다.

그리고 으레 밥상을 치우고 나면,

"설거지해."
라는 형 목소리가 들려 온다. 나는 이런 사실 때문에 형에게 불만이다. 매일 나에게만 일을 시키는 형이 싫다. 형은 나를 동생으로 보는 게 아니고 노예로 보는가 보다. 형보다도 누나가 있었으면 하는 생각이 든다. (1995년)

형

인천 부평 중학교 1학년 장정호

우리 형은 키가 작다. 형이 신체 검사를 받으러 갈 때 키가 158센티미터라서 군대에도 안 간다. 한편으로 안심도 되지만 싫기도 하다. 형과 같이 거리에 나가면 다른 사람들의 키를 본다. 그 이유는 형이 다른 사람들보다 얼마나 작은가를 보기 위해서다. 어떤 키가 큰 사람이 형 옆으로 지나갈 때면 형이 안쓰럽게 느껴진다. 언젠가 내가 형에게 키가 작다고 놀리니까,

"다 일 때문이야."

"왜?"

"내가 집 나와서 양계장에서 일했을 때 비료 부대를 많이 지고 날랐기 때문이야. 너 지금 25키로짜리 비료 부대 메고 돌아다닐 수 있어?"

하고 대답했다.

내가 어렸을 때 우리 식구들은 강원도 정선에서 살았다. 아버지는

광산에서 일을 하셨고 할머니와 어머니는 밭농사를 하셨다. 그러던 도중 어머니가 서울로 가면 돈을 많이 벌 수 있으니까 서울로 가자고 했다. 그래서 우리는 서울로 이사를 왔다.

막상 이사를 오긴 왔는데 아버지가 일자리를 못 구해서 어머니하고 맨날 싸우셨다. 그리고 어머니도 밤늦게 집으로 돌아오셨다. 한번은 어머니가 아침에도 일어나지 않고 점심, 저녁에도 일어나지 않았다. 그래서 아버지가 어머니를 깨워 봤는데 일어나지를 않았다. 어머니가 수면제를 많이 먹었기 때문이다. 그래서 아버지는 호스를 엄마의 입에 대고 약을 뽑아 내었다. 그래서 엄마는 구급차에 실려 나갔다. 엄마는 살아났다. 엄마는 죽을라고 여러 약방에서 수면제를 사서 한꺼번에 먹은 것이다. 그래서 어머니와 아버지 사이가 더 나빠졌다. 어머니는 집을 나갔다.

그 해, 우리는 월세에서 살았는데 주인집에 불이 났다. 다행히 우리 방은 불이 안 번졌는데, 소방차가 물을 너무 많이 뿌려서 방 안이 물바다가 되었다. 우리는 대충 물을 없애고 그 위에다가 이불을 있는 대로 깔았다.

그 때 아버지는 취직도 못 하고 있어 돈이 없어 먹을 것이 없었다. 아버지는 형과 나를 시켜 라면을 외상으로 사 오라고 시켰다. 그리고 막걸리 한 병도 가지고 오라고 시켰다. 그 때 가겟집 아줌마는 우리 사정을 잘 알고 있어 라면을 잘 주셨다. 그렇지만 술은 외상으로 안 주셨다. 그래서 아버지는 화를 내셨다. 그 때 아버지는 사는 것을 포기한 표정 같았다.

그 후 몇 달 후에 큰집에 내려가셨던 할머니가 오셨다. 할머니가 가지고 온 돈으로 그 동안 밀린 방세와 가겟집 외상을 다 갚았다.

그 해 우리 형은 집을 나갔다. 형이 국민 학교를 막 졸업할 때였다. 나도 형 나이였으면 집을 나가고 싶었다.

우리 식구는 여러 집으로 이사를 다녔다. 그러던 도중에 큰집에서 돈 30만 원을 주어서 우리는 상계동으로 이사를 왔다. 그 집은 방 한 개만 있고 부엌도 없었다. 그래서 문 앞에다 곤로를 놓고 밥을 해 먹었다.

아버지는 한동안 열심히 일을 하는 것 같았지만, 금방 집에서 놀고만 있었다. 아버지는 광산에서 일을 할 때 허리를 다쳐서 아프기 때문에 일을 안 나간다고 한다. 그렇지만 나는 그 소리가 핑계로만 들린다. 우리는 먹을 것이 없어서 할머니가 이웃집에서 돈을 빌려 라면을 사서 먹었다.

나는 일어나서 맨 처음 하는 행동이 아버지가 누워 있는 자리를 보는 것이었다. 아버지가 없으면 일을 하러 나간 것이고, 자리에 있으면 그냥 오늘도 노는 날이다. 나는 매일 일어나면서 아버지가 없었으면 하고 생각을 하면서 일어난다. 그렇지만 아버지는 자리에 있는 날이 더 많았다. 그 때 우리 가족은 숱하게도 굶었다. 그 때 나는 아버지에게,

'아버지, 아버지는 우리를 살려야 돼요. 아버지가 이러면 우리는 굶어 죽어요.'

라고 말하고 싶었다. 그렇지만 용기가 없었다.

나는 이제 국민 학교에 들어갈 나이가 되었다. 그 때, 집을 나갔던 형이 돌아와서 나에게 책가방, 옷, 연필, 공책 등을 사 주었다.

나는 그 때 형이 무척 커 보였다. 나는 형하고 살고 싶었지만 형은 떠났다.

입학식날, 다른 아이들은 엄마 손을 잡고 오지만 나는 아버지 손을 잡고 왔다. 그리고 그 다음 날에는 나는 학교를 혼자 갔다. 그 때 학교는 꽤 멀었다. 나는 길을 잃어버릴까 무척 무서웠다.

학교에서 육성회비를 내라고 할 때 나는 육성회비를 못 냈다. 나는 무척 부끄러웠다. 선생님도 나에게 육성회비를 내라고 강요하지도 않았다.

아이들이 도시락을 먹고 있을 때 나는 자리를 피했다. 아이들이 참치에 소세지를 먹고 있으면 나는 마음이 울적했다.

내가 3학년 때 형이 다시 찾아왔다. 형은 월세방을 얻어 할머니와 나를 데리고 이사를 가겠다고 우리를 찾아와서 우리는 행당동으로 이사를 왔다. 이사를 올 때 형이 나에게,

"이제는 주인 아줌마가 집 나가라는 소리 안 할 거야."

이런 말을 했다. 나는 지금까지 이 말을 잊을 수가 없다.

이사 와서 첫날, 아버지가 찾아왔다. 아버지는 술에 취해 있었다. 아마도 형이 이사 올 때 아버지에게 5만 원을 주었다. 그 돈으로 술을 마셨나 보다. 형은 다시 3만 원을 더 주면서 가라고 했다. 그렇지만 아버지는 돈을 받고 안 갔다.

아버지는 할머니한테,

"어무이요, 내한테 오셔. 아들한테 와야 돼요."

라고 말했다. 할머니는 그 말을 듣고는 눈물을 흘리셨다. 형은 아버지가 안 가자 아버지를 발로 찼다. 형의 눈에 눈물이 났다. 아버지

도 형을 때렸다. 아버지 눈에도 눈물이 났다. 나도 눈물이 났다. 형은 집을 나갔다. 아버지도 나갔다.

다음 날, 형이 돌아왔다. 형은 아버지가 어디 있냐고 물었다. 나는 갔다고 말했다. 형은 안도하는 표정을 지었다. 나도 안심이 되었다. 그 후로 아버지는 안 나타났다.

이제는 할머니, 형 그리고 내가 함께 살아간다. 처음에는 집도 좁았다. 가전 제품이란 텔레비전과 밥통밖에 없었다. 이렇게 우리는 몇 달 동안 살아갔다. 아버지하고 살 때보다 더 행복했다.

그런데 등기로 편지가 한 통 날아왔다. 편지에 보니깐 가정 법원에서 우리 아버지에게 보내는 편지였다. 나는 이상한 생각이 들어서 편지를 뜯어 보았다. 편지 내용은 어머니가 아버지에게 이혼하자는 내용이다. 그래서 며칠날에 우리 아버지가 법원에 출두하라는 것이다. 할머니는 내가 이 내용을 말하니깐 괘씸해했다. 할머니는 자나 깨나 아들 얘기를 한다. 나는 그 얘기가 듣기 싫다. 하여튼 나는 이 내용을 읽어 보고 왠지 억울한 느낌이 들어서 울음이 났다. 나는 엄마가 싫다. 자식이 보고 싶지도 않나 보다. 한 번도 나를 만나 본 적이 없다. 나는 형이 식당 일을 하고 돌아오자 이 편지를 보여 주었다. 형은 아무 표정 없이 편지를 읽었다.

그 후 한 달 정도가 되니깐 편지가 또 왔다. 할머니가 편지를 되돌려 보냈다. 형은 쉬는 날에 그 때 온 편지를 들고 엄마를 만나러 갔다. 형은 엄마를 만나고 왔다. 할머니가 엄마에 대해서 묻자 형은 대답을 안 했다. 그래서 나는 형에게 아무것도 묻지 않았다. 형의 표정은 밝았다. 나는 안다, 형의 마음을.

내가 4학년 때 우리는 인천으로 이사를 왔다. 이사를 가던 날, 우리 집 옆에 있는 구멍가게 아줌마가 할머니한테 무슨 이야기를 했다. 그 내용은 아버지하고 형이 싸우고 3일 후에 아버지가 다시 왔다는 것이다. 그런데 아버지가 가겟집 아줌마한테 물어 보니까 아줌마는 모른다고 했다. 그 이유는 아버지하고 형이 또 싸울까 봐서이다. 할머니는 이 내용을 듣고 울고 계셨다. 아마도 아들을 잃었기 때문이다.

우리는 그 때보다 더 넓은 방을 얻었다. 그리고 월세에서 전세로 옮겼다. 또 살면서 냉장고, 세탁기, 가스 렌지, 전화기, 컴퓨터 등 여러 가지 생활 용품을 샀다. 맨 처음 이사 올 때보다 살림살이가 세 배 정도는 늘었다. 나는 형이 자랑스러웠다.

형은 국민 학교밖에 졸업하지 못했다. 그래서 형은 일을 하고 학원에 다녀 중학교, 고등 학교 검정 고시에 통과했다.

얼마 전에 우리 식구는 아버지가 돌아가셨다는 소식을 들었다. 나는 눈물이 나지 않았다. 오히려 가슴이 후련했다. 그렇지만 할머니는 속으로 무척 가슴 아파하신다. 나는 우리 식구 모두가 행복하게 살았으면 좋겠다.

나는 누가,

"너, 엄마 아빠 보고 싶지?"

하면,

"아니요."

라고 대답한다.

요새는 우리 식구가 하나 더 늘었다. 형이 새벽에 전철역에서 추

위에 떨고 있는 강아지를 주워 왔다. 그 개 이름은 복슬이다. 뜻은 복이 있고 슬기롭게 자라 달라는 뜻이다. 그렇지만 복슬이는 말도 안 듣고 고기에다가 밥을 섞어 줘야지 밥을 먹는다. 그 이유는 형이 하도 귀여워해서 방에다가 매일 고기 반찬에다가 밥을 섞어 주기 때문이다. 나는 복슬이를 형만큼 귀여워하지 않지만 그래도 귀여워한다.

나는 형에게 심심할 때면 "장가 가."라고 놀린다. 그러면 형은 "보내 줘."라고 한다. 나는 그러면 우리 둘이 같이 영원히 살자고 말한다. 그러면 형은 그 무서운 말 하지 말라고 한다. 형은 내가 고등학교만 졸업하면 독립을 시킨다고 한다. 형은 나에게 아버지, 어머니, 친구처럼 느껴진다. 나는 형에게 진 빚은 영원히 못 갚는다. 나는 이 세상에서 형을 제일 존경한다. 형은 언젠가는 복 받을 것이다. (1994년 10월)

할머니의 머리카락

인천 부평 중학교 1학년 장정호

아침에 일어나서 형과 나와 할머니는 함께 아침 식사를 했다. 아침을 먹고 형은 일하러 나가고 나는 학교에 갔다. 그 때는 겨울 방학하기 이틀 전이었다. 학교가 끝나고 나는 집으로 돌아왔다. 그 때는 금요일이라서 학교는 일곱 시간을 했고, 올 때 친구하고 놀다 와서 한 5시 30분쯤 되었다. 나는 집에 가까이 오자 이상한 기분이 들었다. 방문을 열자 형이 와서, 할머니께서 돌아가셨다고 했다. 나는 그 말을 듣고 크게 놀라지 않았다. 왜냐 하면 언젠가 한 번 일어날 일이라고 생각했기 때문이다.

할머니는 3년 전부터 옷에다가 오줌을 쌌다. 요즘 들어서는 매일같이 오줌을 싸 기저귀를 차고 주무신다. 나는 할머니 옷을 빨 때마다 어서 돌아가셨으면 하는 생각도 들었다. 그래서 형과 나는 할머니에게 되도록 물을 주지 않는다. 그런데 할머니는 물을 달라고 그래서 물을 주니까 한 몇 분 있다가 또 물을 달라고 했다. 그 때 나는 속이 터질 것만 같았다.

나는 사람이 죽은 걸 처음 봤다. 몸은 차갑고 심장도 뛰지 않았다. 그 날은 다행히도 형이 나보다 일찍 왔다. 형은 매일 9시쯤에 왔는데 그 날은 형이 일하는 기계가 고장이 나서 잔업을 안 하고 일찍 왔다. 형은 먼저 우리 집 가까이에 있는 이모네 집으로 연락했다. 그리고 큰집과 대구에 사는 고모들한테 연락을 했다. 또 형이 일하는 데에도 연락해서 못 나간다고 했다. 그리고 형은 장의사를 불러올 테니까 방 좀 치우라고 했다. 나는 방을 치웠다. 장의사 아저씨와 형이 왔다. 장의사 아저씨는 장례 절차를 한 다음, 내일 관을 가지고 온다고 했다.

조금 있다가 큰이모가 오고 셋째 이모도 왔다. 그리고 고모부들도 왔다. 또 형이 일하는 데서 한 열 명 정도 왔다. 그 사람들은 좁은 골목에다가 천막을 치고 술을 마시며 얘기들을 했다. 이모들은 동태를 사다가 국을 끓여 주었다. 나는 그 사람들이 그냥 갔으면 했다. 그 사람들이 있으니깐 나는 귀찮은 느낌이 들었다. 나는 그 때 형하고 얘기를 나누다가 잠이 들었다.

나는 새벽 2시쯤에 일어났다. 나는 일어나서 형이 일하는 사람들이 어디 갔냐고 물으니깐 다 갔다고 했다. 그리고 이모들도 집에 가서 내일 아침에 오겠다고 했다. 우리 집에는 고모부와 우리 둘만 있었다.

아침이 되자 나는 학교에 가서 방학 과제물을 받아 일찍 조퇴를 했다. 집에 돌아올 때 은행에서 50만 원을 찾아가지고 형한테 갖다 주었다. 그리고 우리 집 개도 애완견 센터에 맡겼다. 이모들이 아침에 우리 집으로 왔다. 그리고 회사 사람들이 와서 주인집 옥상에다가 천막을 쳤다. 점심쯤에는 사장까지 왔다 갔다. 오후 2시쯤에는 장의사 아저씨가 와서 할머니를 관에다가 모셨다.

저녁때는 형이 일하는 부서 사람들이 50명이나 왔다. 그리고 8시쯤에는 고모 세 분과 큰아버지, 맹호 형과 기만이 형이 왔다. 고모들은 우리 형제를 만나자마자 미안하다고 했다. 원래는 큰아버지와 고모들이 할머니를 모셔야 되는데 우리가 할머니를 5년 동안 모셨기 때문이다. 고모들은 매우 슬프게 울었다.

큰아버지는 회사 사람들한테 고맙다고 했다. 나는 회사 사람들이 귀찮게 느껴지지만 그래도 매우 고맙다.

아침이 되자 장례식을 치르러 화장터에 갔다. 할머니를 담은 관은 불 속으로 들어갔다. 그리고 하얀 가루만 나왔다. 할머니는 산에다가 뿌려졌다.

집에 돌아와 모든 것을 정리했다. 회사 사람도 갔고 큰아버지와 고모들도 갔고 이모와 이모부들도 갔다. 집에는 우리 둘만 남았다. 우리는 방 청소를 했다. 그 때 할머니 머리카락이 있었다. 그 순간 할머니의 모습이 떠올랐다. 나는 눈물이 났다.

그 날 밤에 나와 형이 둘이 잠을 잤다. 왠지 방 안이 썰렁해 보였다. (1995년 2월)

노할머니의 죽음

강원 속초 속초 중학교 3학년 이정선

우리 집에 노할머니가 같이 사셨다. 우리 엄마의 외할머니셨다. 하지만 엄마보다 날 더 이뻐하셨다. 어릴 적 생각엔 그랬다. 나한테는 땅콩과 사탕을 주었지만 엄마한테는 다리 주무르라는 말만 하셨기 때문이다.

우리 노할머니는 나랑 잘 놀아 주셨다. 끝말잇기도 했는데 지금 생각하면 진짜 웃긴다. 내가 "오뎅!" 하면 "뎅장국!" 하셨고, 내가 "가난!" 하면 할머니는 "난닝구!" 하셨다. 내가 사 달라는 건 다 사 주셨고, 엄마한테 혼날 때도 말려 주셨다. 밤에는 마당에서 별도 보고 노래도 불렀다. 이빨이 빠지신 할머니는 잘 알아듣지 못하는 노래를 부르셨다.

"이게 정선 아리랑이야."

하며, 뭔지 모르게 구슬픈 노래를 부르곤 하셨다.

우리 가족만 속초로 이사 오고 난 해의 가을에 노할머니가 많이 아프셨다. 그래서 우린 자주 노할머니 집에 갔다. 그런데 내 말에만 대답하셨다. 그래서 나중에 더 슬펐지만.

그러다가 어느 일요일 아침이었다. 노할머님이 깨어나시지 않고 숨만 내쉬셨다. 아주 일정하게 내쉬셨다. 그 땐 내 말도 못 알아들으셨다. 호흡이 점점 느려지셨다. 난 노할머니 손을 꼭 쥐었다. 엄마도 외할머니도 입술을 깨물었다. 울음을 애써 참았지만 울고 있는 엄마와 외할머니를 보고 있었다. 노할머니는 점점 숨을 느리게 쉬셨다. 난 노할머니한테 크게 말했다.

"할머니, 얼른 일어나. 나랑 끝말잇기 해요, 네?"

난 꼭 쥔 손에 힘을 주었다. 그러자 노할머니는 굵은 눈물을 딱 한 방울 흘리셨다. 그 때 외할머니께서 한 말이 아직도 기억난다.

"이제 가셨어, 가신 거야."

그러자 엄마와 나 그리고 막 들어오신 작은외할머니도 같이 울었다. 난 외할머니한테,

"노할머니 어디 가는데? 엉? 어디 가는데?"

하고 물어 봤지만 그냥 모두 울기만 했다.

난 상주인 우리 아버지 옆에 삼베 완장을 끼고 섰다. 그 때 우리 집 남자는 나와 아버지 그리고 일곱 살짜리 동생뿐이었다. 하도 울어서 한동안 안과에 다녀야 했다. 우리 노할머니를 화장해서 고성의 작은 절에 맡겼다. 내가 살아 온 삶 가운데 가장 슬픈 일이다.

(1998년)

빚보증 때문에 생긴 일

강원 속초 속초 중학교 3학년 이정선

작년 가을, 우리 집은 발칵 뒤집혔다. 아버지가 빚보증을 섰는데 그 사람이 도망가서 우리가 그 돈을 갚아 줘야 됐다. 그 때 우리 막내 고모 결혼식을 치른 뒤라 돈이 별로 없었다. 그런데 우리가 그 빚을 모두 갚게 된 것이다. 그 사람이 도망간 것은 봄이었는데 우린 가을까지 전혀 몰랐다. 아버지가,

"세상 사는 데는 별일이 다 있으니깐 조심해야 돼!"

하신 것 같다.

그런데 아버지가 그 별일을 겪으시게 된 거다. 아버지가 믿었던 친구라는데, 아버지는 속은 것에 큰 슬픔을 느끼신 모양이다.

그 일이 있은 뒤, 며칠 간 아버진 계속 술만 드셨다. 밤 두 시에 들어오셔서 어머니와 싸우는 게 일이었다. 난 너무 싫었다. 동생들이 제발 저 싸우는 소리를 못 들었으면 하고 생각했다.

그렇게 며칠이 지나고 나서 겨울이 될 때, 아버지는 정신을 차리

셨다. 열심히 일해서 돈을 벌어 꼬박꼬박 어머니를 갖다 드렸다. 크레인을 빌려 주고 받는 돈은 한 번에 25만 원 정도다. 아주 많이 버는 것 같다. 그래서 차곡차곡 갚아 나가고 있었다. 그 해가 지나가기 전까지 다 갚을 수 있을 것이라고 생각했다. 빌린 돈의 액수는 그리 크지 않았다. 8백만 원이었다. 아버지가 돈을 구하려는 엄마를 말려서 그렇지, 안 그랬으면 옛날에 다 갚았을 것이다. 그러나 아버진 직접 일해 버신 돈만으로 빚을 갚아 나가셨다. 그 때는 정말로 아버지가 어리석다고 생각했다. 지금 생각하니, 그 때 엄마가 돈을 구해서 갚았으면 나중에 그런 슬픈 일은 없었을 텐데 하는 생각이 든다.

그러다가 하루는 아버지가 계단에서 넘어졌는데 크게 다치셨다. 뒷머리를 다치셨다. 처음엔 너무 놀라 말도 잘 안 나왔다. 강릉 아산 재단 병원인가? 그 곳에 산소 호흡기를 꽂고 누워 계신 아버지를 보자 울컥 울음이 나왔다. 나만 그런 게 아니라 나머지 가족들도 모두 그랬다. 우리는 환자에게 자극을 주지 말라는 간호사 누나의 말 때문에 소리 없이 울었다. 강해 보이던 아버지가 그러고 누워 있는 것이 너무 처량해 보였기 때문이다. 그러다가 우리는 빚을 다 못 갚고 한 해를 넘겼다. 고리대를 사용했는지, 2백만 원을 갚았지만 어느 새 다시 8백만 원이었다.

신정 연휴가 끝나고 며칠 뒤였다. 밖에 나갔다가 들어오는데 우리 집 문 앞에 잘 모르는 사람들이 죽 있었다.

열쇠로 문을 열려고 하자,

"너, 여기 살어?"

하고 물었다. 그래서 내가 여기 산다고 그러자 다짜고짜 내 멱살을 쥐고 말했다.

"니 애비 어딨어? 엉? 우리 돈 가지고 간 놈, 그놈 말야!"

난 그 때 상당히 착각한 것이 있었다. 난 우리 식구는 잘못이 없는 줄 알았다. 나중에 알고 보니 그 사람들이 고소하면 우리 아버진 경찰서로 가야 했다. 그래서 그 때 난 거칠게 내 멱살을 쥔 손을 뿌리쳤다.

"뭐예요? 난 모르는 일이라구요! 아이, 씨!"

난 침을 탁 뱉고 문을 '쾅!' 치며 불량스런 눈빛으로 그 아저씨와 아줌마들을 째려봤다.

"집에 어른 안 계시니까 담에 와요!"

하고 한마디 말하고 집으로 문을 '쾅!' 닫고 들어갔다.

우리 엄마와 동생들은 아빠 병실에 있다가 늦은 밤에 왔다. 어머니는 힘들지만 언제나 웃으셨다. 그런 어머니 덕택에 아버진 2주일 정도 먼저 퇴원하셨다. 그러나 날마다, 아니면 적어도 이틀에 한 번씩 통원 치료를 받으셨다. 그러자 빚쟁이들이 날마다 찾아와서 우리 집에 욕을 해대고 갔다. 그럴 때마다 우리 엄마는 죄송하다는 말만 하며 고개를 숙이고 들지 못하셨다. 빚쟁이들은 주로 낮에 왔다. 하지만 집에는 우리 엄마와 봄 방학을 했던 나와 동생들만 있었다.

그러다가 내가 밖에 나갔다 들어오는데 우리 집에서 동생의 울음소리가 났다. 나는 단숨에 계단을 올라가 문을 열었다. 동생들은 거실 구석에 쭈그리고 앉아 울고 있고, 현관의 화분은 죄다 쓰러지고, 어머니는 두 사내에게 둘러싸여 잔뜩 겁을 먹고 계셨다.

난 어찌 된 일인지 찬찬히 모든 걸 살폈다. 그러다가 어머니 무릎에서 무언가에 긁혀서 빨간 피가 배어나는 것이 눈에 띄였다. 정신이 나가 버렸다. 옆에 있던 죽도로 두 사람을 마구잡이로 팼다. 하지만 처음엔 좀 맞고 있던, 키가 큰 한 아저씨가 날 쓰러뜨리자, 예전에 봤던 너구리같이 생긴 아저씨가 날 마구 밟았다. 동생들은 꽥꽥 소리를 지르며 울었다. 안경이 부러지고 입술이 터지고 거의 죽도록 맞았다. 몸을 움직일 수가 없었다. 얼굴은 잔뜩 부어올랐다. 그러다가 정신을 잃었는데 깨어나니 거실이었다. 어머니가 내 옆에서 흐느끼고 계셨다. 다행히 그 사람들은 갔다. 그대로 누워 있었다.

이틀이 지나고 나니 움직일 수 있었다. 몸의 멍은 그대로였지만 얼굴의 붓기도 거의 빠져 갈 무렵이었다. 아버지가 내게 와서,

"미안하다, 애비가 못나서……."

하고 말을 잇지 못하셨다. 난 아직도 생생하다. 아버지의 그 울음소리가. 나도 아버지와 같이 울었다. 무어라고 말을 할 수도 없었고 할 말도 없었다.

며칠 뒤, 그 사람들이 또 찾아왔다. 일요일 저녁이었다. 우리가 저녁상을 치우자마자 그 사람들이 왔다. 동생이 멋모르고 문을 열어 줬다. 그러자 그 사람들은 신발을 신은 채 우리 집 안으로 뛰어들었다. 그리고 우리 아버지 멱살을 쥐고 일으켰다.

"그래, 우리 돈 등쳐먹고 발 뻗고 잠이 오냐? 엉?"

그러자 키 큰 아저씨가,

"이런 자식은 콩밥 좀 먹어야 해!"

그러자 아버지가,

"내가 언제 당신들 등쳐먹었어, 엉? 난 그저 보증을 잘못 섰을 뿐이야. 이렇게 하면 그 친구 욕하는 거지만 돈을 갖고 도망간 건 그 친구라고!"

하셨다. 아버지도 화가 나신 모양이다. 그러자 키 큰 아저씨가 아버지 얼굴을 '빽!' 하고 쳤다. 그러자 어머니가,

"안 돼! 우리 남편 지금 다쳤단 말야, 이 자식들아!"

하며 소리를 지르셨다. 아버진 바닥에 쓰러지고 어머니는 아저씨들을 말리다가 뒤로 넘어지셨다. 나는 어머니를 부축해 드리고 나서 있는 힘껏 아저씨들을 떠밀고 나서 아버지도 부축하려고 하는데 또 밟으려고 하는 것이었다. 키 큰 아저씨의 발을 잡고 휙 밀면서 쓰러뜨렸다. 하지만 너구리 같은 아저씨는 날 때렸다. 주먹으로 내 얼굴을 다시 쳤다. 나도 알지 못하는 괴성을 질러 대며 싸웠다. 난 너구리 같은 아저씨의 머리를 화분으로 찍으려 했다.

그 순간, 누가 내 팔을 꽉 잡았다. 난 고개를 돌렸다. 우리 아버지였다. 난 그 덕에 배에 발을 맞았다. 숨이 쉬어지지 않았다. 그저 멍한 눈으로 아버지를 바라봤다. 아버지는 그런 날 보고 혼을 내셨다.

"너 이 자식! 이 애비가 그렇게 가르쳤어? 응? 니가 깡패야? 이런……. 자식 하나 잘못 뒀구나. 누가 어른하고 그런 식으로 싸워? 얼른 잘못했다고 빌어!"

난 순간 죽는 줄 알았다. 숨이 겨우 쉬어지려고 하는데 다시 답답해지는 것이었다. 축구공을 세게 맞은 것 같은 답답한 고통이 느껴졌다. 울음도 쏟아지려 했다.

'아버지, 왜? 왜요? 왜 그렇게 말하셨어요? 이게 다 아버질 위한 거였는데…….'

울음이 쏟아지려 했다. 입이 덜덜 떨렸다. 난 땅바닥을 보고 그 사람들에게 말했다.

"죄송해요!"

그러자 누가 내 따귀를 있는 힘껏 때렸다. 내 목뼈에서 '뚜둑!' 하는 소리가 났다.

"이런 개애새끼! 그 애비에 그 아들이구나! 쪼끄만 걸 확 죽일까 보다."

그런 말은 하나도 귀에 들어오지 않았다. 그저 아버지가 하신 그 말만 웅웅거렸다. 너구리 같은 아저씨가 날 한 대 또 때리고 발로 다리를 찼다. 난 풀썩 바닥에 쓰러졌다. 입술이 터져 피가 배어 나왔다. 그러자 아버지가 오셔서,

"다음 달까지 꼭 갚을 테니 이제 그만 나가요! 우리 집에서 좀 나가란 말이야! 돈 주면 될 거 아냐! 왜 이렇게 사람 괴롭혀요! 당신들도 사람이면서 어떻게 이럴 수가 있냐구!"

그러자 그 아저씨 둘이서 씩 웃더니 아버지 멱살을 잡고 말했다.

"너 이 새꺄, 다쳤다니까 오늘은 그냥 가는데 돈 빨리 안 갚으면 넌 죽음이야. 넌 콩밥도 먹기 아까워! 알아듣겠어?"

하며 겁을 줬다.

"알았으니, 나가! 얼른!"

아버지가 말하셨다. 그리고 그 두 아저씨들은 나갔다. 아버지가 또 우시려 했다. 난 참았던 눈물이 막 흘렀다. 엄마도 아빠도 동생

도 모두 울기만 했다. 동생들은 금방 울다 지쳐 잠이 들었다. 그것이 너무 부러웠다. 그 날, 아버지는 새벽까지 잠을 못 이루셨다. 담배 피다가 한숨 쉬다가를 계속하셨다. 그러고 나서 2시쯤, 나만 잠이 들었다.

다음 날, 아버지가 내 방에 들어와서 이렇게 말씀하셨다.

"정선아, 다시는 울지 말자. 우리 가족 중에 누구도 슬퍼서 울지 않게 할게. 그리고 이제 그 사람들도 안 오게 하마!"

난 그 말을 하시는 아버지가 불쌍해 보였다. 비를 잔뜩 맞아 떨고 있는 강아지 같은 생각이 들었다. 처량해 보였다. 아버지가 너무 서러워 보였다.

그러고 나서 어머니와 아버진 어디서 났는지 그 돈을 모두 갚았다. 내가 알기로는 외가의 어떤 땅을 팔았다고 한다. 하지만 우리 가족은 다시 전처럼 화목하지 못하다. 집에 가면 언제나 슬픈 기운이 있다. 그것이 싫어서 떠나고 싶었다. 그러나 이 곳을 떠나면 내가 어딜 간단 말인가. 싫든 좋든 여긴 우리 집이다. 다시는 이런 고통이 우리 집에서 없어야 된다.

우리 아버지는 지금 좀더 열심히 일하신다. 나도 아버지처럼 그 기억을 없애려고 더 열심히 산다. 삶이 소중한 것임을 잘 안다. 소중한 만큼 힘든 것도 삶인 것 같다. (1998년 4월 14일)

도둑질

인천 부평 중학교 2학년 윤명성

내가 5학년 때 일이다. 나는 언제부턴가 일찍 일어나 어머니 방에 가서 어머니 주머니에 있는 천 원을 하루에 한 장씩 꺼내 갔다. 나중에 모인 돈은 모두 8천 원이다. 8일 동안 나는 바보 같은 짓을 했던 것이다.

내가 이런 짓을 했던 이유는 바로 문방구에 있는 작은 게임기를 사고 싶었기 때문이다. 며칠 전 어머니께 사 달라고 졸랐지만 어머니는,

"그런 거 사서 뭐 하니? 다음에 월급 타면 사 줄게, 어서 가자."

"엄마, 엄마아아."

나는 할 수 없이 못 사고 집으로 돌아오게 되었다. '꼭 살 거야.' 하는 생각은 아직 가시지 않았다.

그런데 나는 우연히 천 원짜리 지폐가 어머니께서 벗어 두신 바지 주머니에서 떨어지려는 듯 걸려 있는 것을 보게 되었다. 나는 순간

그것을 내 바지 주머니에 넣고 말았다.

'이러면 안 되는데, 안 되는데…….'

속마음은 그랬어도 몸은 따라가지 않았다. 얼른 바지를 정확하게 원래 자리에 놓고 도망 나오듯 안방을 나왔다.

나는 이 일이 조용히 넘어가자 '또 해야지.' 하는 생각에 매일 천 원씩 빼 가게 된 것이다.

밖에서도 마찬가지였다. 준비물을 사는 척하고 훔치지를 않나, 그 밖에 서점에 가서 책을 훔치는 등 나쁜 짓을 하게 되었다.

어느 날, 나는 집에 혼자 남게 되었다. 어머니 방으로 갔다. 오늘도 마찬가지로 돈을 훔치러 갔던 것이다. 그런데 바지는 없고 핸드백이 있었다. 호기심에 나는 핸드백을 열었다. 그 속에는 만 원짜리가 매우 많았다. 나는 한 장을 빼서 나오면서 핸드백을 걸어 놓고는 '저렇게 많은데 눈치채겠어?' 라고 생각했다.

나는 드디어 그 오락기를 살 수가 있었다. 그런데 나는 실수를 하고 말았다. 엄마 앞에서 그 오락기를 보이고 만 것이다.

"너, 이거 어디서 났어? 친구 것이니?"

"아니요."

'으악, 큰일났다. 엄마가 어떻게 샀냐고 하면 어쩌지?'

"그럼 그걸 니가 어떻게 샀니?"

'어쩌지? 들키면 혼날 텐데……. 아하!'

"길 가다가 지갑을 주웠는데 거기 있는 돈으로 샀어요."

나는 간신히 위기를 모면했다. 그러나 그것은 나의 죄를 하나 더 늘어나게 한 말이었다.

"그럼 그것을 주인 찾아 돌려 주어야지, 니가 왜 써?"

"그냥 썼어요."

"그래, 이따가 얘기하자."

나는 다행히 그냥 넘어가서 안도의 한숨을 쉬었다. 하지만 그것도 잠시뿐, 아버지께서 들어와 보라고 하셨다.

나는 가슴이 뛰고 몸이 뜨거워졌다.

'흥분해서 그럴 거야. 숨을 크게 들이마시고 들어가자.'

나는 아버지께 갔다.

아버지께서는 나에게 맨 처음 매우 부드럽게 말씀을 하셨다. 나는 그 목소리에 긴장이 풀렸다.

"너, 그 오락기 엄마 돈으로 산 것 아니냐?"

"예?"

나는 당황했다. 하지만 겉으로 내색은 하지 않았다.

"아니, 그게, 엄마 핸드백에서 만 원짜리 하나가 없어져서. 니가 안 가지고 갔어?"

"아니요."

"안 혼낼 테니까 사실대로 말해 봐, 응?"

나는 순간 망설였다. 이 일로 매일 불안에 떨 수 없다는 생각도 들었다. 한참 후 나는,

"제가 그랬어요."

"뭐, 정말이냐?"

아버지 목소리가 갑자기 거칠어지셨다. 나는 순간 두려움에 떨었다.

"왜 그래? 엄마, 아빠가 못 해 준 거 있어? 그러냐? 그리고 오락기가 가지고 싶으면 사 달라고 하면 되잖아?"

"엄마가 안 사 주었어요. 전 그러고 싶지 않았어요. 정말이에요."

"그래도 그렇지. 어떻게 엄마 지갑을 뒤지냐? 응, 어떻게?"

"아빠는 시골에서 버스비도 없어서 보리를 시장에서 팔아서 다녔는데…… 넌……."

"아빠, 잘못했어요. 다시는 이런 짓 하지 않을게요."

"너, 집에서말고 다른 데서 또 이런 짓 했어?"

"아니요."

나는 순간 '또 거짓말을 했구나!' 라는 생각이 떠올랐다. 사실 난, 다른 문방구 같은 데서도 도둑질을 했기 때문이다.

나는 그 날 아버지께 종아리를 많이 맞았다.

아버지는 그 일이 있은 후, 나를 제대로 바라보지도 않으며 밥도 한 상에 같이 드시지 않았다.

두 달 후, 형이 아버지께 자전거를 사 달라고 말했다. 나는 그 때 아버지께 형을 거들려고 말을 했다. 그러자 아버지는,

"넌 도둑놈이잖아. 무슨 잘 한 일이 있다고 끼어들어?"

나는 무척 서러웠고 후회스러웠다. 눈에 눈물이 글썽글썽거렸다.

"여보, 그렇게 심하게 하는 법이 어딨어요? 명성아, 니 방에 가 있어라."

"네."

나는 힘이 없었다. 이불을 대고 누워 나는 무척 서러운 듯이 울었다. '내가 왜 그런 짓을…….' 하는 생각에 참을 수가 없었다.

한번은 '이렇게 사는 거라면 차라리 죽고 싶다.'는 생각까지 들었다. 그렇지만 그렇게 하면 나만 더 비참해질 것 같았다.

'꿋꿋이 살 거야, 꼭…….'

나는 그 일이 생각날 때면 이런 생각을 한다. 그리고 그 후부터 어머니 돈이나 또 문방구에서 훔치는 일 따위는 하지 않았다.

(1995년)

나는 왜 학교에 다니는가

강원 속초 설악 여자 중학교 2학년 박소영

나는 학교를 우리 식구를 위해 다니는 것일 수도 있다. 다른 아이들은 다 자신의 미래를 위해 다닐 것이다. 하지만 난 다르다. 학교에 다니면서 친구도 사귀고 많은 것을 배울 수 있겠지만 나는 학교를 다녀서 취직을 해야 한다. 돈을 벌어, 고생하시는 엄마와 동생을 먹여 살리고 공부도 시켜야 한다.

우리 엄마는 늘 우리 때문에 속이 아프고 고생을 하신다. 왜냐면 아빠가 돌아가셨기 때문이다. 내가 여섯 살 때 돌아가셨다. 아빠는 운전 기사였는데, 어떤 차가 와서 박아서 피해만 보고 돌아가셨다. 내가 아빠의 모습을 마지막으로 기억한다면, 아빠가 어딘가에 누워 있고 얼굴에 노란 수건이 덮여 있었다. 나는 그 때 우유를 먹고 있었고 엄만 아빠 앞에서 울기만 했다. 나는 아빠가 죽은 줄도 몰랐고, 그 기억뿐이 안 난다. 그것이 마지막이었다.

엄마의 고생은 그 때부터 시작되었다. 엄만 늘 울기만 했다. 내가

1학년이 되자 엄마는 양품점을 하다가 그만두셨다. 그냥 식당 일, 파출부를 했다. 다른 집에 가서 설거지, 방 청소를 해 주고 식당에선 음식 나르고 설거지하고, 앉아 있기보다 서 있기 바빴다.

엄만 병을 키우셨다. 아파도 집에서 약으로 때우고 다음 날은 일 나가시고, 그러다가 나중에 병원에 가 보니 당뇨병이라는 병이 있다고 했다. 엄마를 자꾸 속 썩이면 엄마는 화를 내고 신경질 내시는데, 화를 내다 화병이 오면 그 땐 큰일난다고 했다. 그리고 편히 쉬어야 하고 영양가 있는 음식도 많이 드셔야 한다. 그런데 그럴 수 있다면 얼마나 좋을까? 엄마가 일을 안 하면 누가 우리 식구를 먹여 주고 살려 줄 것인가? 그래서 엄마는 할 수 없이 또 일을 나가야 했다.

어쩜 우리 식구가 이렇게 살고 있는 것도 큰 행복일 수 있다. 우리 엄만 엄마 얼굴도 모르고 컸다고 한다. 외할아버지가 일을 나가서 엄마의 할머니한테서 컸다고 한다. 겨울엔 혼자만 코트도 없이 덜덜 떨면서 학교에 다녔단다. 불쌍한 우리 엄마……. 죽는 것보다도 살고 있는 것이 엄마한테는 힘든 일일지 모른다.

그런 우리 엄마를 나는 어려서부터 속을 썩였다. 나는 초등 학교 1학년 때부터 공부를 못 해서 아이들한테 따돌림당하고 선생님한테 맞으면서 학교에 다녔다. 선생님한테 돈을 안 바쳐서 선생님이 나를 때리고 구박했다. 다른 애들이 학교 갈 때 나는 다른 곳으로 가서 학교 가기 싫다고 울기만 했다. 나는 친구도 하나 없고, 아이들이 도둑질도 다 나한테 했다고 도둑년이라고 따돌리고 미워했다. 선생님은 많은 아이들 앞에서 나를 창피 주고 나를 못된 아이라고 때리기만 했다. 도무지 엄마는 그런 나를 못 보셨는지 경찰서에 신고하려고 하기도 했지만, 내가 학교 다니면서 선생님 눈치도 보이고 아이들이 날 더 싫어할까 봐 할 수 없었다. 선생님은 완전히 돈을 빨리 내놓으라는 식이었다. 엄만 할 수 없이 돈을 주었다. 그 선생님은 웃으면서 냉큼 받았다. 정말 선생님이 미웠다. 엄마는 나 때문에 속만 썩고, 그래도 내가 의지할 사람은 엄마뿐이었다.

2학년이 되자, 여전히 아이들이 따돌리고 선생님도 미워했다. 나아지겠지 했는데 1학년 때와 똑같았다. 그래서 죽고 싶었다. 수업이 다 끝난 후 학교 뒷산에 올라갔다. 올라가는데 눈물이 저절로 났다. 올라가서 죽으려고 했다. 그냥 죽으려고 하니 그렇게 밉던 반 애들과 선생님, 엄마, 동생이 떠올랐다. 무섭기도 했다. 나는 그냥 울기만 했다. 난 죽지 않았다.

4학년 2학기 때, 속초 초등 학교로 전학을 왔다. 여기서는 친구들도 좋았고 선생님도 미워하지 않았다. 그 때는 죽어서 영혼이 떠도는 것보다 사는 것이 더 무서웠다. 사람들 마음 속엔 무엇이 들어 있기에 다른 사람에게 상처 주고 못살게 구는 건지.

그렇게 해서 나는 이렇게 견디고 여기까지 왔다. 중학생이 되기까지 내 어렸을 때 추억은 아픔뿐이지만 나 때문에 엄마가 속 썩은 걸 생각하면 너무나 가슴이 아프다.

요즘도 어쩔 땐 엄마는 울면서 너무 힘들다고 한다. 우리가 없을 때 우는데 나는 엄마 몰래 그것을 봤다. 친척이 있으면 뭘 하나.

엄마가 어느 날 갑자기 너무 아팠다. 엄마 친구분이 엄마를 의료원까지 데려다 주고 간호해 주셨다. 엄마 옆구리에 물이 차서 수술을 해야 하는데, 돈이 없어 수술도 못 하고 약으로 물을 뺐다. 아직도 물이 다 안 빠졌다.

그래도 엄만 늘 일을 하신다. 요즘 하는 일도 식당에서 설거지하고 반찬 나르는 일이다. 야식 집에서 일하시는데, 오후 4시쯤 나가서 새벽 6시쯤 들어와 반찬부터 만들고 밥을 안쳐 놓고 주무신다.

다른 집 애들은 공부를 잘 하는데 나는 공부를 못 해서 너무 내 자신이 싫다. 이럴 땐 누군가가 날 도와 줬으면 좋겠다. 특히 수학은 정말 모르겠다. 시험 보고 성적표가 오면 얼마나 엄마한테 미안한지. 어떻게 해야 할지 모르겠다. 전에 성적표 받을 때, 다른 아이들은 엄마한테 혼날까 봐 그러는데, 나는 "엄마가 마음 아파하고 슬퍼하면 어쩌지?" 하고 말하니, 미금이가 놀랐다. 미금이는 그 점에서 날 착하게 보는지 나한테 무척 잘 해 준다.

이젠 내가 공부해서 우리 식구를 먹여 살려야 한다. 내가 학교 다니는 것은 이런 생각밖에 없다. 요즘은 대학 안 나오면 사람 대접을 안 해 준다는데 그래서 걱정이다. 나는 공부 열심히 하고 고등 학교 나와서 미용 기술을 배워 미용실을 차리거나 아니면 은행 같은 데 취직하고 싶다. 다른 아이처럼 대학 교수, 선생님, 인테리어 디자이너 같은 큰 꿈이 아니라 작은 소망을 위해.

내가 얼른 커서 돈을 벌어 내 동생 공부 열심히 하게 해서 대학교에 보내고 싶다. 내 동생만큼은 자기 꿈을 이루게 하고 싶다. 엄마도 더 이상 고생시키지 않고 편히 모시고 싶다. 이건 작은 소망이 아니라 큰 소망이다. 이 소망이 정말로 이루어졌으면 난 바랄 것도 없다. (1996년)

15년 된 우리 집 텔레비전

경기 안성 공도 중학교 2학년 이준석

우리 집에는 텔레비전이 두 대 있다. 그 가운데 낡은 텔레비전 한 대는 내가 태어나서 한 달쯤 지나고서 산 것이라 한다. 내가 어렸을 적에는 만화나 영화 같은 것을 이 낡은 텔레비전을 통해 보았다. 아버지가 좋아하는 스포츠나 뉴스도, 어머니가 좋아하는 드라마도 다 이 낡은 텔레비전을 쳐다보며 즐겼다. 15년이나 지나, 비록 지금은 자주 들여다보진 않지만 우리 집에서는 그래도 가장 오래 된 역사를 지닌 가전 제품이다.

이 텔레비전은 금성이라는 회사에서 만든 것인데, 앞부분은 대부분 갈색에 뒷부분은 검은색으로 되어 있다. 앞모양은 직사각형인데, 3분의 2가량이 화면을 차지하고, 나머지 3분의 1은 채널 돌리는 것과 스위치와 음량 조절기, 그리고 소리가 나오는 스피커로 이루어져 있다.

화면은 14인치 크기에 볼록하게 튀어나왔고, 텔레비전을 켜지 않앉을 때는 회색빛이 난다. 텔레비전 오른쪽 윗부분에는 채널 조정 스위치가 두 개 있다. 위, 아래 똑같은 모양인데, 동그란 모양의 판에 얇고 긴 막대 같은 손잡이가 볼록 튀어나와 있다. 거의 위에 있는 채널 스위치는 쓰지 않고 밑에 있는 스위치만 쓴다.

또 전원 스위치가 있는데 이것은 음량도 조절할 수 있다. 콜라병을 작게 축소한 모양인데 누르면 텔레비전이 꺼지고, 옆으로 돌리면 음량이 조절된다.

오른쪽 밑에는 갈색 모양에 네모난 스피커가 있다. 텔레비전 윗부분에는 안테나를 꽂을 수 있는 구멍이 있고 안테나는 없다. 안테나는 어린 내가 칼싸움할 때 칼 대신에 쓰곤 했는데, 언젠가 갖고 놀다가 아주 잃어버렸기 때문이다.

이 텔레비전은 조금 고장이 났다. 처음에 텔레비전을 켜면 화면에 눈이 내리는 것처럼 깨끗하지 않고 흐리게 나오거나 녹색빛이나 검은색빛으로 화면이 가려진다. 소리도 지지직거리는 소리와 섞여 나오고, 또 옆집에서 무선 전화기를 쓰면 우리 텔레비전이 전파 방해를 받아서 화면이 나오지 않을 때도 있다. 그래서 중요하고 재미있는 프로그램을 놓치기도 한다.

이처럼 나와 나이가 같은 이 텔레비전은 성능도 좋지 않고 고장이 나서 때론 보고 싶은 것을 못 볼 때도 있지만, 5년도 되지 않고 버려지는 다른 집 텔레비전과 견줄 때 용케도 15년 동안 꿋꿋이 버티고 있는 것이 신기하다. 앞으로도 우리 집에서 20년은 더 살지도 모를 일이다. (1996년 10월 28일)

2부 점심 시간, 우리 반 풍경

— 동무와 학교

학교 가는 길..

부풀어오른 머리와 부은 듯한 얼굴과 씨름하느라 30분이나 낭비하고 7시30분에 학교에 간다.

코스모스 언덕을 지나면 학교가 보인다.

어!
용만이네~

어제 용만이가 또 맞는 걸 보았다.

용만이는 외모상으로는 우리와 다르지 않지만 장애가 있는 아이다.
??

나변기는 힘없는 용만이에게 마구 폭력을 쓴다.
야 비켜 이새끼야~
탁

우리반에서 나변기를 때린 사람은 없다.
너무해…

나변기를 건드리면 9반의 이종근에게 맞기 때문이다.

다른 애들은 자신들도 당할까봐 아무 말도 못 하고 있다.

그걸 보면 나도 화가 나고
용만이가 불쌍하다.

나도 아무 말도 못 한다.
선생님은 이런 사실을 모르시는 걸까?
공부하자.

며칠전, 청소 시간에 3층으로 올라가는
길에 공이 나를 향해 날아왔다.

난 잡아주려 했지만
공을 놓쳐 버렸다.
고마워.
내가 주워 줄게.

그 순간…
공놀이한 녀석들 다 나와~

전 안 했어요.
뭘 안 해!!
얘는 안 했는데…

퍽

퍽

너무 억울하고 무서웠다.

그런 생각을 하면 학교가 무섭다는 생각도 든다.
학생폭력
왕따학생 자살
가출
휴~

내 짝 운영이다.

운영이는 인기그룹 'I DOL'의 멤버인 세성이에게 미쳐있다.
뭐야 온통 세성이네..
세성이에게...

엥~ 편지도 쓰냐?
음... 온통 사랑해요, 건강하세요네!
....좀 색다른 것 좀 써봐.

치- 줘!!
탁-

운영이는 삐죽삐죽 모난 돌이다.
나도 모가 많이 났지만...

이젠 많이 둥그스름해 졌다.
왜 그래?

에이~ 왜그래? 내가 숙제 안도와 준다고? 그래서? 알았어~
헤~

눈이 까만 은영이, 너무도 따뜻한 아이
수업시간에 책상속으로 사탕을 넣어
주는, 난 그 아이가 너무 좋다.

난 오늘도 학교에 도착했다.
허둥지둥-

우리교실은 3층

수많은 계단이 기다리고 있다.
아휴 무거워-

또 걸어왔어? 다리도 안 아프냐?
이제 다 왔다-
풀석-

오늘은 어떤 일들을 겪으며 하루를 지내게 될까?

아침에 학교 가는 길

강원 속초 설악 여자 중학교 2학년 최휘진

우리 집은 학교에서 꽤 멀다. 학교 창가에서 보면 정면으로 보이는 청대산 바로 밑 동네지만 실제로는 아주 멀다. 그래서 아침 일찍 출발해야 한다. 부풀어오른 머리와 부은 듯한 얼굴과 한참 싸우느라 30분이나 낭비하고 아침밥도 못 먹고 7시 30분에 떠난다.

학교 가는 길은 두 가지다. 하나는 속초 상고 쪽으로 15분 정도 걸어, 시간마다 오는 88번 버스를 타고 가는 건데 버스 타면 남자 애들도 많이 타서 타지 않는다. 또 하나는 논길로 가는 길인데, 나는 이 논길이 좋아서 이리로 다닌다. 논에는 백로, 물총새, 물고기, 우렁이 들이 있다. 논길로 가면 30~40분 걸린다. 내 친구들은 다리도 안 아프냐고 뭐라고 하지만 난 재미있다.

요즘은 거의 보이지 않지만 하얀 깃털과 검은 다리를 가진 백로, 아주 가끔씩 보는 물총새와 물오리, 며칠 전에는 무논에 예쁘게 피어 있는 수선화를 발견했다. 그 수선화를 집에 가지고 와서 기르고 싶지만 그 무논의 구석 자리가 어울리는 것 같아 망설이곤 한다.

논길에는 사람들이 잘 다니지 않기 때문에 나 혼자 다닐 때가 많다. 가끔 상고 언니, 오빠들과, 벼를 보기 위해 오시는 농부 아저씨를 만나기도 한다. 논길에서 가끔 못다 한 외우기 숙제를 걸어가면서 외우거나 아직 여물지 않은 벼알을 몰래 따서 가지고 놀기도 한다. 또 아무거나 생각나는 대로 생각하고 친구나 동생 욕을 하기도 한다. 작년부터 혼자 중얼거리며 억울한 일이 있으면 욕하는 버릇이 생겼는데, 얼마 전에 ○○ 욕을 하다가, 지나가는 아저씨가 이상하게 쳐다보기도 했다.

논길이 끝날 즈이면 소똥 냄새와 물 썩는 냄새가 코를 찌른다. 노학동과 우리 동네 청대리를 잇는 조그만 다리 밑에서 나는 냄새다. 그 다리 밑으로 온천장에서 내려온다는 지저분한 물이 흐르는데 그 물에도 고기들이 산다. 이 다리 구석에는 큰 뭉치 쓰레기가 많이 버려져 있었는데 전에 비가 많이 오더니 떠내려가 버렸다.

이 다리 앞에는 찻길이 있는데 신호등이 없어 길 건너기가 힘들다. 찻길을 지나 5~10분 정도 걸으면 속초 경찰서가 나온다. 이상하게 여기 가까이 오면 나도 모르게 내 몸을 한 번 훑어보게 된다. 경찰서 앞에서 근무하시는 아저씨들 때문이다. 날마다 경찰서 앞을 지나가니깐, 아무리 아저씨들이 나를 보지 않으려 해도 보게 될 것이다. 만약 내가 설악 여중 교복을 입고 지저분하고 단정치 못하다면 그 아저씨들은 설악 여중 애들은 다 그렇구나 하고 볼 것이 뻔하기 때문이다. 이 경찰서 앞을 지나면 단정하게 보이려고 노력도 하지만 기분도 아주 좋다. 가끔씩 내게 "안녕. 또 와라." "학교 가니?"

하고 해 주시는 인사는 나를 그 날 하루 종일 기분 좋게 만들어 준다.

경찰서를 지나면 나무들이 많이 자라 있는 곳이 있는데, 이 곳에 날씨가 좋은 날은 여러 가지 풀 냄새와 시원한 바람 때문에 기분이 좋지만, 흐린 날이나 해질 즘 지나면서 괜히 으시시하고 귀신이 떠올라 이 곳을 피하고 싶다.

이 숲을 지나면 바로 벽돌 공장이 나오는데 이 곳도 기분 나쁘다. 자지러지는 듯한 기계 소리, 공장 지붕 틈 사이로 새어 나오는 연기가 기분을 망가뜨린다.

이 곳을 지나면 나뭇잎 스치는 소리가 좋은 조그만 숲이 나온다. 이 숲 끝에 코스모스가 진짜 예쁘게 피어 있는데 이 코스모스는 내가 꽃점을 볼 때 쓴다. 한 번도 제대로 맞추지 못했지만 그래도 재미로 한다. 코스모스 길을 걸어 올라오면 멀리 학교가 보이고 우리 학교 애들이 많이 간다.

치마를 무릎 아니, 발목까지 내리고 그것도 모자라 옆단을 찢고 머리에는 무스, 스프레이를 발라 꼭 물에 빠진 생쥐같이 하고, 그런 자신들의 모습을 자랑하듯이 하고 다니는 애들을 보면 한심하다. 그러나 생기 있고 반짝거리는 눈망울을 가진 1학년 애들을 보면 '나도 저랬던 적이 있었을까?' 하는 생각이 든다. 머리를 감아서 물기가 촉촉이 묻어 있는 애들을 보면 그냥 기분이 좋다. 이렇게 이런 모습 저런 모습의 애들을 보면서 머나먼 학교까지 낑낑거리며 걸어간다. 가끔 멀리서 학교를 굽어보고 있는 울산 바위를 보면서 그 장엄함과 웅장함에 감탄도 하지만 그것도 잠깐이다.

교문 앞에 다가서면 웃지 못할 풍경들이 보인다. 교문 옆 담벼락 구석에서 운동화를 벗고 미리 준비해 온 구두를 꺼내 신기도 하고, 스포츠 양말을 대충 접고 치마를 무릎까지 올리고 하는 애들. 교문 안에 서 있는 선도부들을 통과하기 위해서다. "너, 명찰." "너, 이리 와." 하는 소리에 아이들은 가서 자기 이름을 댄다. 가끔 딴 아이 이름을 대는 애들도 있다. 나도 내 몸을 훑어보며 두근거리며 교문을 지나면, 이제 3층까지 올라가는 수많은 계단이 기다리고 있다. 무거운 책가방에 어깨가 가라앉는 것 같지만, 이제 다 왔다.

남들은 학교가 지옥이니 뭐니 하지만 나는 학교가 좋다. 만약 아스팔트 길과 지옥 같은 버스로 다닌다면 지금 내가 학교에 대해 가진 좋은 느낌도 사라지고 요즘 삭막하게 살아가는 애들과 다름이 없을 것이다.

내 마음을 맑게 하고 기분 좋게 하는 논길이 나는 참 좋다.

(1996년)

종호와 나의 우정

인천 부평 중학교 2학년 송민규

작년에 나는 심한 독감에 걸린 적이 있다. 증세는 열이 많이 나고 머리가 쑤셨고 온몸은 파김치처럼 축 늘어졌다.

학교에도 간신히 왔다. 내가 학교에 왔을 때 아이들이 너무 떠들고 있었다. 반장인 종호는,

"야, 조용히 해!"

하며 아이들을 조용히 시키고 있었다. 부반장인 나도 아이들을 조용히 시켜야 했다. 하지만 잘 움직일 수도 없고 목도 부어서 그냥 오자마자 계속 누워 있었다.

종호가 내게 와서 물었다.

"민규야, 어디 아프니?"

"응, 감기 때문에."

종호는 나보고 그냥 계속 누워 있으라고 했다. 할 수 없이 모든 일을 반장인 종호에게 맡기고 책상에 누워 있었다. 종호에게 미안했

지만 다른 방법이 없었다.

자율 학습 시간에 머리가 아파서인지 시간이 금방 갔다. 공부 시간에도 나는 계속 누워 있었다. 가끔 수업을 듣기도 했지만 집중이 되지 않았다. 그리고 필기도 하지 못했다.

둘째 시간이 끝나고 쉬는 시간에 현보와 인균이가 다가와,

"민규야, 그냥 조퇴해라."

하고 말했지만,

"괜찮아."

하며 그냥 누워 있었다.

셋째 시간이 시작되었다. 짝은 아니지만 4분단에 있는 종호가 나보고,

"감기는 좀 어떠냐?"

하고 물었다. 그리고 공책을 달라며 정성껏 필기를 해 주었다.

필기를 해 주는 종호를 보면서 평소에도 친하게 지내긴 했지만 그날 따라 더 친근감이 가고, 책이나 드라마에서처럼 오래 변치 않는 친구가 될 수 있을 것 같았다. 그 후로 기분이 좋아 감기가 낫는 것 같았다.

집에 가서 그 일을 어머니께 말해 드렸다. 어머니는 참 좋은 친구라며 흐뭇해하셨다.

며칠 후, 종호가 집에서 뜨거운 국물에 팔을 데어 붕대를 감고 학교에 왔다. 그 때 종호는 팔을 데었기 때문에 필기를 할 수 없었다. 그래서 나도 종호에게 공책을 달라고 하여 정성껏 필기를 해 주었다. 종호는,

"고맙다, 민규야."

하며 좋아했다. 좋아하는 종호를 보고, 내가 아팠을 때 종호에게 느끼던 감정을 종호가 느꼈으면 하고 바랬다.

그 다음 날, 학교에 다녀오니 어머니께서 물으셨다.

"민규야, 종호 팔 데었니?"

"네, 왜요?"

"응, 종호가 팔을 데어서 학교에서 필기를 못 하는데 네가 필기해 줘서 좋아한다고 종호 엄마한테 전화가 와서."

그 이야기를 듣고 나는 종호와 다음부턴 더 친한 친구가 될 것 같았고 흐뭇했다. (1995년 3월)

시험에 얽힌 미신

경남 거창 혜성 여자 중학교 1학년 오유정

2학기 중간 고사 때, 원경이와 내가 교실에서 싸운 일이 있었다. 내 잘못으로 생긴 일이다. 원경이의 컴퓨터용 싸인 펜 뚜껑을 내가 제일 먼저 열었다고 화를 낸 것이다.

'내가 알고 그랬남. 정말 괜한 일 갖고 그래.'

나도 화가 났다. 내 마음이 싱숭생숭해서 시험을 약간 망쳤다.

사건은 이렇게 시작되었다. 그 당시 우리 반에는 한 가지 미신이 있었다. 시험을 잘 보기 위해서 새로 산 컴퓨터용 싸인 펜을, 시험 보는 날 싸인 펜을 산 사람이 뚜껑을 열어야 그 시험을 잘 보고, 다른 사람이 싸인 펜 뚜껑을 열게 되면 부정타 그 시험을 못 본다는 이야기였다. 그걸 유원경이도 믿고 있었다.

2학기 중간 고사 첫 시험. 학교에 와서 시험 시작 30분 전에 교실에 보라미, 현미, 원경이, 원정이, 나 다섯이서 이야기를 하고 있었다. 그 때 원경이 앞에 내가 앉아 원경이의 싸인 펜을 만지작거리다가 내가 먼저 뚜껑을 열었다. 그걸 원경이가 알고 울먹이면서 나에게 막 화를 냈다. 내 실수였다. 난 싸인 펜 뚜껑을 남이 열면 안 된다는 것을 모르고 있었기 때문이다. 그래서 원경이에게 고의가 아닌 실수라고 몇 번이나 말하였다. 하지만 계속 내게 화만 냈다.

나도 그러는 원경이에게 화가 나 따졌다.

"내가 알고 그랬나, 뭐! 내가 미안하다고 했잖아. 그러면 된 거 아니가? 사람이 너그럽게 받아들일 줄도 알아야지, 왜 그러는데 정말. 그게 진짜 시험 잘 보게 할 거 같나? 미신이나 믿고 어디 시험 잘 보는지 보자."

이렇게 나는 원경이에게 화가 난 나머지 있는 말, 없는 말을 원경이에게 퍼부었다.

원경이 싸인 펜 때문에 공부에 집중도 안 되고 자꾸 짜증만 났다. 이러다가 원경이만이 아니고 나도 시험을 못 볼 것 같은 생각이 들었다.

'싸인 펜이 뭐가 그리 중요하다고, 정말 원경이는 도무지 이해할 수 없어. 에이! 시험이나 팍 망쳐라, 이 못난 기집애.'

이런 생각까지 했다. 하지만 우리 집이 싸인 펜을 못 살 정도로 가난한 집도 아니었다. 하지만 이미 쓰고 있던 펜이 남았는데 새 걸 사려고 하니 아까워서 못 샀던 것이다. 괜한 것 갖고 시샘하고 정말 나도 이상한 애인가 보다.

2학기 중간 고사 첫 시험을 원경이가 못 봤나 보다. 울먹이는 말투로 우리에게 와서는,

"나 이번 시험 망쳤어. 어떡해. 나 현미보다도 시험 성적 못 나올

것 같애. 어떡하면 좋아."

싸인 펜 때문에 마음이 안정되지 못했나 보다. 하지만 시험 성적은 나보다도 잘 나왔다.

"가시나! 잘 볼 거면서 못 봤다고 설치기는, 정말 웃긴다."

사람이 하는 모든 일은 마음먹기에 달렸다. 모든 것을 긍정적으로 받아들이고 행동하면 모든 것이 잘 된다는 것을 말이다.

그 날 이후, 원경이를 보면 미안한 마음이 든다. 미신이라고 해서 다 나쁜 것만은 아니다. 그렇다고 해서 다 좋은 것도 아니다. 모든 것은 마음먹기에 달렸다. 미신이라는 존재를 믿고 행동했던 원경이가 밉기도 하고 싫었다.

하지만 지금은 그 때의 일이 하나의 추억으로 남았다.

(2000년 1월 17일)

7반 구용대

강원 속초 속초 중학교 3학년 이정선

저번에 도서관을 갔다. 그 때 저녁으로 사발면을 먹었다. 그러면서 태훈이가 7반 용대 이야기를 해 주었다.

"어, 용대가 띨띨해 보이지?"

"응, 얼마나 띨띨한데?"

"걔가 어릴 때 안 당할 일을 많이 당해서 그래."

나와 둘레 아이들이 웃었다.

"걔가 있잖니, 3학년 땐가 끔찍한 일을 당해 가지고……."

"뭔데, 빨리 얘기해 봐."

"걔하고 나하고 꼬맹이일 때부터 같이 다녔단 말야. 근데 노학동 거기 보면은 사슴 농장이 하나 있어. 근데 그 앞에서 축구하기 좋았거든. 그래서 축구를 막 하는데 용대가 안 보이는 거야."

"어디 갔는데, 엉?"

"가만 있어 봐! 그래서 내가 용대를 찾아다니는데 용대 동생이 날

보고 내 옷하고 신발 가지고 자기 좀 따라오래. 그래서 따라갔는데 소똥 모아 놓은 곳으로 자꾸 가는 거야. 거기 갔더니 용대가 소똥 밭에 빠져서 훌쩍이고 있는 거야. 흐흐흐!"

나와 민호, 민수, 석현이는 막 웃었다. 태훈이도 웃겨서 말을 잘 못했다.

"왜, 왜, 왜 빠졌는데?"

"그게, 거기에 자전거 바퀴가 있더래. 그래서 용대가 어린 마음에 그걸 꺼내려고 잡아당겼단 말야. 그런데 자기 힘이 딸려서 자기가 들어간 거야. 학, 하아, 하!"

우린 모두 배를 잡고 웃었다. 주변에서 우연찮게 들은 여자 아이들도 막 웃었다.

"히히히히히! 또……, 또 없어?"

"아아, 맞다. 또 있어. 우리 동네에서 망우리를 돌린단 말야. 대보름에……. 근데 있잖아, 돌리다가 마지막에 휙 던지잖아."

난 태훈이가 꼭 '남북의 창'에 나오는 북한의 이야기 할아버지 같았다.

"근데 우린 다 논두렁이나 논 쪽으로 던지는데, 용대 혼자 반대쪽으로 던진 거야."

"반대쪽에 뭐가 있었는데?"

"그게, 어, 히히히 힉. 있잖아, 돼지우리가 있고 짚을 쌓아 놓은 곳이 있었는데 거기 떨어져서 불이 붙은 거야."

"그래서 동네 형들이랑 다 도망가고 그랬다. 나하고 용대만 남아서 불구경을 했어. 근데 불에 돼지가 탄다고 용대가 뛰어가서 우리 문을 열어 주는 거야. 그래서 돼지가 다 도망갔잖니."

"그 다음에 어떻게 됐니?"

"몰라. 그 집 아저씨가 다음 날 아침에 와서 돼지 잡으러 간다고 사냥개를 빌려 갔다 그러더라."

우린 다 웃었다. 너무 웃겼다. 그것이 거짓말이 아니라 실제 일어난 일이라서 더 웃겼다. 하지만 내가 아는 용대는 그래서 더 착해 보인다. (1998년 5월 2일)

내 짝 수정이

강원 속초 설악 여자 중학교 2학년 채주영

'수정이' 하면 떠오르는 것은 '세성이'이다. 수정이가 가장 사랑하고 존경하고 목적으로 삼는 대상이 바로 '세성이'이기 때문이다. 세성이는 인기 그룹 'IDOL'의 한 멤버이다.

수정이의 모든 것에는 세성이가 있다. 수정이의 필통만 봐도 그렇다. 굵은 도화지를 어쩜 그렇게도 정교하게 맞추어 잘라 네모난 상자를 만들었는지. 그리고 그 위엔 세성이의 사진들을 멋있게 배치하여 도배를 해 놓고, 그 위를 다시 아스테이지로 쌌다. 필통은 한쪽만 열고 닫게 하였는데, 그 속에 있는 자, 샤프, 볼펜 따위의 한 구석에도 항상 세성이 스티커가 붙어 있다.

수정이는 세성이를 너무나 좋아한 나머지 수업 시간에도 가끔 세성이에게 편지를 쓴다. 잘못된 일이지만, 무언가에 그렇게 집착하고 정성을 들인다는 것이 부럽기도 하다. 어디서 그걸 다 골라 냈는지 세상의 예쁜 편지지는 다 모아 놓은 듯하다. 그 위로 색색깔의 예쁜 펜들이 또르르 굴러간다. 막힘도 없이 술술 써 나간다. 하지만 읽어 보면 결국 '사랑해요.' '건강하세요.' 따위의 말들뿐. 좀 색다른 내용을 쓰라고 권해 보지만, 수정이 말대로 쓸 말이 그것뿐인 것 같다.

얼마 전에는 'IDOL'에게서 답장이 왔다. 컴퓨터로 인쇄한 엽서에 'IDOL' 싸인이 되어 있을 뿐이지만, 수정이는 그걸 받고 소리지르고 뽀뽀하고 끌어안고 난리였다. 평생 간직하고 가보로 한대나 뭐래나…….

수정인 돌멩이 같은 아이이다. 그냥 돌이 아니라 삐죽삐죽 모난 돌이다. 단단하고 강하면서도 삐쭉삐쭉해서 가끔 나랑 잘 부딪친다. 나 또한 모가 많이 났지만 수정이랑 살다 보니 많이 둥그스름해졌다.

수정이는 내가 부탁을 들어 주지 않거나, 책상을 넘어가거나, 자꾸 놀리면 화를 낸다. 예를 들어 내가 수정이의 밀린 숙제 따위를 옆에서 거들지 않거나 세성이 타령만 한다고 놀리거나 왜 이렇게 우느냐고 자꾸 다그치거나 하면, 부은 입을 삐죽 내밀고 소리친다.

"치!"

"어어, 왜 그래!"

숙제를 거든다는 건 나쁜 뜻이 아니라, 그냥 문장 지어 오기, 표어 생각해 오기, 해결 방안 찾기 등의 주관식 숙제의 아이디어를 조금 생각하면서 거들어 준다는 것이다. 내가,

"나도 잘 모르겠어. 나도 숙제해야 되는데……."

하면, 요즘은 안경도 안 써, 안 그래도 이상한 얼굴이 통통 부어서

어깨를 축 늘어뜨리고 갑자기 꿀 먹은 벙어리가 된다. 내가,

"에이, 왜 그래? 내가 그거 안 해 준다고 해서? 그래서?"

하면 그제서야 입이 헤— 벌어지며 웃는데, 웃을 때면 옆으로 보조개가 폭! 패인다.

지금 글을 쓰고 있는 수정이를 살짝 본다. 요즘은 많이 달라지고 있는 수정이. 글씨도 많이 단정해졌고, 수업 시간에도 제법 진지하고, 붕 떠서 하늘로 날아갈 듯했던 머리도 커트로 치더니만 많이 단정해졌다.

눈이 까만 수정이. 오른쪽 볼에 무시무시하게 쬐그만 상처가 있지만 너무나도 따뜻한 아이. 프린트를 꼭 나 먼저 주는 아이. 수업 시간에 책상 속으로 몰래 사탕을 넣어 주는 아이……. 나, 수정이를 너무 좋아하게 된 것 같다. (1996년)

점심 시간, 우리 반 풍경

강원 속초 속초 중학교 2학년 이기수

유대성이 자고 있다. 재킷을 얼굴에 뒤집어쓰고.

동윤, 성윤, 중범, 순식이가 '하나 빼기 일'을 하고 있다. 욕을 한다.

"아니야! 새끼야아!"

대성이가 내가 쓰는 글을 보고 따라 읽는다.

"아니야, 새끼야."

내 뒤에서 원범이가 5백 원짜리 가짜 돈을 보고,

"5백 원, 5백 원."

하고 있다. 남인이가 노래를 부른다. 원범이가 다가와 뺑을 친다.

"기수가 판치기한다아!"

창옥이랑, 희철이랑, 두원이랑, 수민이랑, 경민이랑, 재훈이랑 구경을 하고 있다. 성순이도 끼었다. 승룡이도 이 글을 써야 하는데 놀고 있다. 아주 열심히! 석범이가 성빈이를 보고 말한다.

"씹탱아! 씹탱아!"

대성이가 내게 말한다.

"영어 해석하는 거야?"

내가 말한다.

"몰라."

성진이가 고독을 씹으며 앉아 있다. 열심히 숙제하는 기현이. 아직도 떠드는 승룡이.

반이 어수선하다. 경화가 책을 책가방에 넣는다. 책을 뒤진다. '하나 빼기 일'을 하는 아이들은 아직도 열심히 놀고 있다. 아이들이 웃는다.

"하하하."

"히히."

내가 승룡이한테 말한다.

"숙제 안 할 거야?"

승민이랑 석승룡이랑 싸웠다. 아주 심하게. 승민이는 싸우기 싫어하는 눈치인데 승룡이는 계속 싸우려고 한다. 결국 싸운다.

"야이! 새끼야, 죽어!"

그러다가 점심 시간이 끝났다. (2000년)

매점에서 엄마 욕먹인 일

인천 부평 중학교 2학년 이대훈

작년 1학년 때 일이다. 학교 수업이 끝나고 배가 고파서 과자를 사 먹으려고 매점으로 갔다. 다른 날은 사람이 많았는데 그 날 따라 사람이 네 명에서 다섯 명밖에 없었다. 나는 과자를 사기 위해 줄을 섰다. 다른 사람들이 과자를 사 가고 내 차례가 왔다.

나는 매점 아줌마에게 5백 원을 내면서 2백 원짜리 새우깡과 2백 원짜리 '타임머신'이라는 아이스크림을 샀다.

아줌마는 나에게 과자와 아이스크림을 건네주었다. 그리고 남은 잔돈 백 원을 거슬러 주셨다. 나는 어릴 적부터 장난기가 있어서 아줌마에게 장난을 치고 싶었다.

그래서 나는 아주머니께 백 원을 다시 내면서,

"이 매점에 있는 햄버거와 과자 그리고 이 매점 건물 한 채를 주시고 남는 것은 아줌마 팁이에요."

라고 웃으면서 말했다. 나는 이 말을 하면 아줌마가 재미있어서 웃으실 줄 알았다.

그런데 아줌마는 그 반대이셨나 보다. 내 말이 끝나자마자 아줌마의 손이 나의 뺨을 후렸다.

나는 깜짝 놀라서 멍하니 있었다. 그리고 나는 아줌마의 얼굴을 힐끔 쳐다보았다. 아줌마는 얼굴이 빨개지고 눈이 커지면서 화난 목소리로 나에게 큰 소리로 말씀하셨다.

"야, 임마! 니네 엄마 술집 하냐? 어디서 배워먹은 버르장머리야, 어? 니네 엄마, 술집 해?"

갑자기 매점 분위기가 썰렁해졌다.

나는 처음에 왜 아줌마가 나를 때리는지 몰랐다. 그냥 웃자고 한 말 한마디에 화까지 내시면서 나의 뺨을 때리는 아줌마가 왜 그러는지 몰랐다.

내가 한 말을 가만히 생각해 보니 "아줌마 팁이에요."라는 말이 떠올랐다. 그 말을 생각해 보니 남자들이 술집에서 술을 먹고 술값을 내면서 "나머진 아줌마 팁이야."라고 말하는 것을 텔레비전에서 보았다.

아줌마께 너무 죄송했다. 아무 생각 없이 말한 게 아줌마한테는 충격적인 말이었나 보다. 나는 이 매점에서 빨리 나가고 싶었다. 여기 더 있으면 욕만 더 먹을 것 같았기 때문이다.

한참 혼나고 있는데 뒤에서는 차명훈과 윤주현이가 웃고 있었다. 나는 아줌마한테 혼날 대로 혼났다. 그리고 나는 과자와 아이스크림을 들고 매점을 살며시 나왔다.

그 다음 날, 학교 수업이 끝나고 매점 앞을 지나기가 무서워서 매점 앞에서는 전력 질주를 했다. 아줌마가 나를 볼 것 같았기 때문이다. 또 주현이는 나만 보면 "아줌마 텁이에요."라고 놀렸다. 그래서 나는 윤주현을 잡아 머리통을 때리고 도망갔다.

그 후로 며칠 동안 매점을 가지 않았다. 매점 아줌마가 엄마보다 무서워 보였다. 먹고 싶은 것이 있으면 학교 밖에 있는 구멍가게에서 사 먹었다.

그리고 일 주일쯤 지나 친구 현민이가 "매점에 가서 햄버거 한 개씩만 사 먹고 오자."라며 나를 꼬셨다. 그러나 나는 가고 싶어도 가지 못한다고 했다. 전후 사정을 잘 모르는 현민이가 나를 억지로 매점으로 끌고 갔다. 나는 가기 싫었지만 현민이가 사 준다기에 슬그머니 따라갔다.

여전히 매점은 사람들로 붐벼 있었다. 그리고 아줌마는 장사하랴 돈 계산하랴 정신이 없으신 것 같았다.

나와 현민이는 햄버거를 사 먹기 위해 줄을 섰다. 내 차례가 가까워질수록 나는 떨리기 시작했다. 나는 속으로 '시작종아, 빨리 쳐라, 빨리 쳐.' 하고 생각했다.

그러나 시계를 보니 아직 3분이나 남았다.

나의 차례가 거의 다 왔다. 등에서 식은땀이 흐르는 것 같았다.

드디어 나의 차례가 왔다. 나는 아줌마가 그 일을 눈치채지 못하게 하기 위해서 일부러 막 달려온 사람처럼 헉헉 소리를 내면서 매점 아줌마에게 말했다.

"아줌마, 햄버거 한 개 주세요."

목소리도 다르게 하고 얼굴 표정도 다르게 하면서 간신히 햄버거를 샀다.

그리고 며칠 동안 그런 방법으로 과자나 아이스크림을 사 먹었다.

지금은 그런 방법을 쓰지 않고도 과자를 잘 사 먹는다. 아줌마가 그 때의 일을 기억을 잘 못 하시는 것 같다. 하지만 요즘에도 매점을 가면 혹시 아줌마가 그 일을 생각하셔서 나한테 "너, 그전에 나한테 팁이라고 했지?"라고 말씀하실 것 같아서 겁이 나기도 한다.

그 때 내가 아줌마를 웃겨 드리려고 한 말 한마디에 죄 없는 우리 어머니만 욕을 먹었다. 나는 아무 죄 없는 어머니께 너무 죄송하다.

(1995년 3월)

흔들리는 우리들

경기 안성 공도 중학교 2학년 김선희

승숙이가 우리 집에서 자게 되었다. 엄마는 가게에 가고 승숙이, 나, 은경이는 방에 앉아 불을 끄고 스탠드를 켜고 앉아 과자와 빵, 술을 꺼내 놓았다. 우선 친구 컵에 술을 따라 주고, 난 음료수를 먹었다. 술을 마시고 싶었는데 민규랑 술 마시지 않기로 약속을 해서 마시지 않았다. 마음 속에서 악마는 거짓말하고 먹으라고 강요하고, 천사는 약속을 어기는 것은 좋은 게 아니라고 말했다. 착한 선희는 천사 말을 들었다.

계속 술을 마시면서 은경이는 건보 얘기만 했다.

"선희야! 건보는 내가 싫은가 봐."

"아니야, 많이 사랑해."

은경인 울었다. 승숙이는 달래 주면서 은경이에게 화를 냈다.

"야, 넌 남자 친구 없는 내게 꼭 그런 말을 해야 돼? 난 짝사랑만 5년을 했어. 김선희, 넌 좋겠다, 민규 같은 친구 있어서……."

"싫어. 날마다 간섭만 하구, 혼내기만 해."

"야! 좋은 투정 하지 마. 열 받으니까."

난 침묵을 지켰다. 둘 다 술에 취해 있었고, 난 음료수만 조용히 먹고 앉아 있었다. 애들이 술에 취하니까 담배를 찾았다.

"안 돼. 신현국 선생님이랑 약속했어."

냉정하게 말하니까 은경이는,

"그래, 그런 선생님이 있어서 좋겠다. 우리 담임은 저번 그 일 때문에 항상 내게 차갑게 대하는데……."

또 은경이가 울었다. 너무 미안했다. 괜히 내가 분위기를 망친다는 생각이 들었다.

"야! 우리 이제 치우자. 그리고 얘기하면 되잖아."

난 애들이 마시다 둔 술을 치우고 누워서 얘기를 들었다. 은경이는 죽자 살자 건보 얘기였고, 승숙이는 은경이 달래고, 내겐 좋은 남자 친구 잘 간수하라고 말했다. 난 그저 조용히 친구들의 얘기만 듣고 있었다. 그러다 나중에는 듣다 못해서,

"사랑은 네가 만드는 거야. 이성뿐만 아니라 선생님들의 관심도……. 왜 꼭 그렇게만 생각해? 자신은 달라지지 않으면서 다른 사람에게 많은 걸 바라는 건 너의 욕심일 뿐이야."

"그래, 나도 알아. 그래서 내가 어떻게 하길 바래?"

또 침묵이 흘렀다. 더 이상 친구들에게 어떤 말로 위로를 해야 될지 몰랐다.

친구를 바르게 이끄는 일은 너무 어려운 것 같다.

(1995년 9월 25일)

무서운 순위

인천 부평 중학교 3학년 고종석

아침에 교실에 들어오는 순간, 인상을 쓰게 만드는 냄새가 풍겼다. 그 냄새는 1분단의 맨 끝에서 껄렁한 애들이 밥을 먹고 있는 냄새였다. 내가 들어오자 우리 반에서 조직에 속해 있는 ㄱ이 나를 째려보았다. 나는 마음 속으로 '병신, 뭘 째려보나?' 하며 욕을 하고 조용히 자리에 앉았다. 내 짝 병근이는 뭐가 그리 무서운 건지 아무 말도 않고 고개를 팍 숙이고 수학 문제집을 풀고 있었다.

그 때였다.

"야, 신병근, 반찬 가져와!"

하는 소리가 들려 왔다. 병근이는 '올 게 왔구나.' 하는 표정으로 힘없이 가방을 열고 천천히 반찬을 꺼냈다. 금방 울 것 같았다. 그 때, 또 큰 벼락이 떨어지는 듯한 소리가 들려 왔다.

"빨리 안 가져와? 확, 아으."

ㄱ은 얼굴을 있는 대로 찡그리며 겁을 주려 했다.

병근이는 찍소리도 못 하고 두 손으로 ㄱ에게 반찬을 고이 바쳐야 했다. 이 아이, 저 아이한테서 반찬을 빼앗더니 나중에는 밥맛이 없다고 하며, 씹던 밥을 그대로 교실 바닥에 뱉었다. 내 심정으로는 마포 자루로 그냥 등짝을 내려치고 싶었지만, 나중에 ㄱ이 속해 있는 조직 애들의 보복이 두려워 어쩔 수가 없었다. '참자, 참자.' 하고 몇 번씩 마음 속으로 말리면서 크게 심호흡을 했다. 어떻게 보면 사자 떼들이 뭘 먹고 있는 곳에 다른 동물들이 얼씬도 못 하는 그런 모습 같았다.

내가 다른 아이의 숙제를 베껴 쓰고 있을 때였다. 우리 반에서 가장 인기(?)가 많은 심성식이가 고개를 팍 숙이고 들어오고 있었다. 키는 한 140센티미터 정도 되고, 태어날 때 조금 잘못되어서 머리가 다른 아이들보다 좀 나빴다. 특수 학교에 보내기에는 거의 정상 애 같고, 또 정상 애들과 있을 때는 특수 학교에 가야 할 것 같은 아이다. 2학년 때, 시험 보는 날에 교실에서 바지에 똥을 싸서 한바탕 소란이 일어난 일도 있었다.

"심성식, 이리 와 봐!"

ㄱ이 의자에 앉아서 침을 찍찍 뱉고 인상을 쓰며 노려보았다.

"야, 누가 우리 반에서 제일 무서워?"

성식이는 모르겠다는 듯 머리를 흔들었다.

"이리 와. 넌 죽었어."

ㄱ은 성식이를 교실 뒤쪽 청소함 구석에 끌고 가서 배를 몇 대 쳤다.

"아, 아퍼."

"뒤질래? 어, 누가 제일 무서워? 빨리 말 안 해?"

"너가 제일 무서워."

이번엔 ㄱ의 힘을 믿고 까부는 패거리들이 성식이를 둘러싸고 서로 누가 무섭냐고 다그쳤다. 성식이가 말을 못 하자 ㄴ이 물었다.

"성식아, 나 몇 위냐? 응, 착하지? 나 무서운 순위 몇 위야?"

"너, 3위."

하자, ㄴ이 성식이를 발로 걷어찼다. 성식이는 뒤로 넘어지면서 울음을 터뜨렸다.

"빨리 안 일어나? 아으, 그냥 확! 나 몇 위냐? 빨리 말 안 해!"

"너, 1위."

떨리는 목소리로 성식이가 말했다. 그러자 ㄴ이 킬킬대며,

"야, 너 1위 아니야. 내가 1위래."

하고 말하자 ㄱ이 달려와서 마포 자루로 성식이 다리를 후려쳤다.

성식이의 얼굴은 눈이 놀라서 커졌고, 울어서 눈물이 얼굴에 범벅이 되었다. 어떻게 보면 웃음이 나는 표정이었다. 교실에 막 들어오는 또다른 패거리들이 성식이를 한 대씩 때렸다.

"병신, 왜 맞을 짓을 해?"

하며 ㄷ이 이유 아닌 이유를 들어 발로 엉덩이를 걷어찼다. 아마 내 생각으로는 그 조직 애들하고 어울려서 맞지 않으려고 그러는 것 같았다. ㄱ도 나쁜 놈이지만 ㄱ을 믿고 까부는 녀석들이 더 미웠다.

그 때 자율 학습 종이 울렸다. 성식이에게는 이 종이 정말 너무 고마웠을 것이다. 내가 애타게 기다리던 담임 선생님이 웃으면서 들어오셨다. 내가 그렇게 기다린 선생님인데도 밉기만 했다. 성식이

가 맞을 때는 오지 않고 자율 학습 종이 울려서야 들어오는 것이 얄미웠다.

그은 책상에 엎드려서 아무 일도 없었다는 듯이 잠을 자고, 다른 아이들은 고개를 숙인 채 아침 자율 학습 시험지를 풀고 있었다. 성식이를 쳐다보니 얼굴은 눈물이 범벅이 되어 있었고, 아직까지도 훌쩍거리며 계속 울고 있었다.

자율 학습 끝나는 종 소리가 아주 크게 울렸다. 아이들이 말 한마디 없이 너무 조용해서 그런 것 같다. 나는 조용히 성식이가 앉아 있는 곳으로 가서 등에 손을 얹고,

"성식아, 울지 말고 힘내, 응!"

하고 말하자 성식이는 고개를 끄덕끄덕했다.

내가 성식이에게 해 줄 수 있는 것은 이 말 한마디밖에 없었다. 나는 성식이를 다시 한 번 쳐다보며 조용히 자리에 앉아 1교시 수업 준비를 했다. (1995년)

비겁한 아이들

강원 속초 속초 중학교 2학년 최명섭

우리 반은 늘 위험에 노출되어 있다. 자율 학습 시간 때, 쉬는 시간 때, 점심 시간 때, 언제나 위험하다. 9반에 이○호라는 아이가 있는데 우리 반엔 자율 학습 시간 때, 쉬는 시간 때를 가리지 않고 온다. 와서는 우리 반에서 가장 힘없는 기천이와 재민이에게 마구 폭력을 쓴다.

기천이에게는,

"미친 새끼야, 바보같이 인상 쓰지 마! 이 개새끼야!"

하고 한 대씩 패고, 재민이에게는,

"내가 가는 길 방해 말고 저리 꺼져!"

하고 한 대씩 팬다.

이게 지금 우리 교실에서 일어나는 실제 모습이다.

요즘 우리 담임 선생님의 세심한 주의로 재민이와 기천이를 괴롭히는 아이들이 많이 사라지기는 했지만, 몇몇 아이들은 지금도 역시 괴롭힌다.

재민이와 기천이, 그 둘은 꽤나 유명하다. 힘 있는 아이들이 체육복을 빌리러 우리 교실에 오면 한 번쯤은 재민이와 기천이에게 시비를 걸고 간다.

우리 반에 나와 체격이 비슷한 원○희라는 아이가 있는데 아이들이 싫어하는 짓을 많이 한다. 내가 한번 가서 신나게 패 주고 싶지만 그 애 뒤에는 빽들이 엄청 많다. 그 애들 가운데 이○호라는 아이도 껴 있는데, ○호는 덩치도 크고, 힘도 세고, 패거리가 있어 그 누구도 건들지 못한다. 보복이 두려워서다.

힘 있는 아이들은 결코 왕따를 당하지 않는다. 이게 바로 우리 사회다. 돈과 힘으로 모든 것이 결정되는 세상, 돈과 힘이 없으면 죽은 사회, 그게 사람 사는 곳일까?

며칠 전, 교실에서 칠판에 나가서 그림을 그리고 있었는데, 갑자기 제환이가 오더니 별 희한한 레슬링 기술을 선보이는 척하면서 내게 그 레슬링 기술을 걸었다. 난 한 방에 나가 떨어졌고 엎어져 있는 내게 제환이가,

"햄버거다!"

하며 내 등에 올라탔다. 그 때 저 멀리서 원○희가 뛰어오더니 제환이 뒤에 '철푸덕.' 하며 올라탔다. 난 진짜 깔려 죽는 줄 알았다. 그런 걸 아는지 모르는지 제환이와 원○희는 킥킥대고 즐거워하고 있다. 나는 화가 나서,

"에이, 씨발놈들아!"

하고 욕을 했다. 제환이는 웃다가 미안하다고 했고, 원○희는 내게

시비를 걸어왔다.

"뭐, 씨발놈? 이 개새끼, 한 번만 더 주둥이 놀리면 죽을 줄 알아! 말조심해!"

하며 다시 다른 놀림거리를 찾아 헤매고 있었다.

우리 반에서 여태껏 원○희를 때린 사람은 아무도 없다. 저번에 누군가 원○희를 건드렸다가 이○호에게 맞았다.

'귀신은 뭐 하나? 저런 쓰레기들 안 잡아가고…….'

참 비겁한 놈들이다.

다큐멘터리 '동물의 왕국'을 찍나? 힘이면 다 살아남는 그런 세상이야? 아니, 우리 사회도 힘이면 다인 그런 사회 같다. 정치가, 조직폭력배, 돈만 가지면 다 되는 세상. 모범을 보일 것은 어른들이다. 허구한 날 텔레비전에서는 비리와 폭력배들 얘기만 나오는데, 아이들이 뭘 보고 배우겠나?

날마다 '자녀 안심하고 학교 보내기 운동'이랍시고 노력하고 있는데, 그게 될 턱이 없다. 나 역시 그런 일을 많이 당해 보아서 아는데, 패거리들끼리 와서 돈 뺏고 나중에 말하면 죽인다고 협박을 하면 보통 아이들은 마음으로만 끙끙 앓고 만다. 그리고 밖에 나가는 것이 무서워진다. 만약 신경이 예민한 아이들이 그런 일을 당하게 된다면, 그래서 사회 활동을 제대로 할 수 없다면, 그 아이의 인생은 어디서도 보상받을 길이 없다. 언제나 우리 학생들이 안심하고 즐거운 마음으로 학교를 다니게 될까? (1999년 10월 14일)

원망스러운 선생님

인천 부평 중학교 2학년 윤명성

며칠 전 월요일에 있었던 일이다. 수업을 마치고 청소 시간이 되었다. 그 날은 내 청소 날짜가 아니었다.

10반에 있는 학종이를 만나러 갔다. 그런데 갑자기 영철이가 나와서는 나를 때리고 도망을 가는 것이다. 나는 영철이를 쫓아서 2층까지 내려가게 되었다. 몸집이 작은 영철이를 아무리 잡으려 해도 잡히지 않았다. 포기를 하고 3층으로 올라오면서 영철이의 별명인 '땡칠이'를 크게 불렀다. 그리고 앞을 보는 순간, 공이 나를 향해 날아왔다. 그것을 잡으려 했지만 놓치고 말았다. 나는 속으로 '난 역시 운동 신경이 느려.'라고 생각했다.

공을 놓친 나는 위를 쳐다보았다. 아이들이 공놀이를 하다 공이 없어져서 하지 못하고 있었다. 한 아이가 공을 주우러 내려오고 있었다. 나는 아까 못 받은 게 미안해 그 아이에게,

"내가 주워 줄게."

하며 2층 구석에 있는 공을 주워 올라왔다. 공을 건네주려는 순간,
"공놀이한 녀석들, 다 나와!"
라는 말이 들렸다. 올려 보니 몸짓이 크고 얼굴에는 여드름 같은 것이 많이 나 있으며, 빨간 체크 무늬 넥타이를 맨 김섬홍 선생님이 보였다. 난 속으로,
'저 선생님 무섭다고 소문났는데……, 설마?'
하고 생각했다. 나는 공을 돌려 주고 그냥 지나가려고 했다.
그런데 선생님께서 내가 공을 들고 있던 것을 보았는지,
"너, 왜 도망가? 이 새끼야. 이리 와!"
나는 억울한 표정으로,
"전 하지 않았어요."
"뭐가 하지 않아? 거기 서 있어!"
나는 이유를 말씀드리려 했지만 선생님은 들으려 하지도 않으셨다. 그러고는 옆에 서 있던 아이의 뺨 두 대를 때렸다. 그러자 맞은 아이가 뺨을 어루만지며,
"얘는 안 했는데……."
하고 작은 목소리로 말하였다.
하지만 선생님께서는 못 들으신 척 내 뺨을 때렸다. 귀가 멍멍하고 고막이 터지는 것 같았다. 손바닥으로 한 대 더 맞을 것 같았는데, 순간 큰 주먹이 눈앞에 보이더니 내 왼쪽 뺨을 강타했다. 다리가 후들후들 떨렸다.
처음에 나는 너무 황당해 웃음이 나왔다. 정말 공놀이한 녀석들은 옆에서 아무런 거리낌 없이 모른 척 보고만 있었다.

'왜 내가 이 녀석들 대신 맞아야 할까?'

이런 생각이 머릿속에 떠올랐다. 가만히 창가에서 생각해 보니 너무나 분했다. 끝내는 아까 그 일을 생각하며 울고 말았다. 하지만 선생님께선 나의 이런 분함을 모를 것이다. (1995년)

기분 나쁜 교무실 청소

인천 부평 중학교 2학년 장정호

담임 선생님께서 1번부터 10번까지 교무실 청소를 하라고 시켰다. 나는 처음에는 기분이 나빴지만 잘 생각을 해 보니깐 좋은 점도 있다. 그것은 교무실은 별로 더럽지가 않아서 청소하기가 좋다. 그리고 이쁜 여선생님들도 자주 볼 수 있고.

교무실 청소 당번을 정하는데 나는 마포를 택했다. 그 이유는 마포는 닦기만 하니깐 쉬울 것 같았다. 나말고 마포는 한 명이 더 있는데 그 애는 청소를 잘 안 한다. 그래서 나 혼자서 거의 다 청소를 한다. 처음에는 나도 같이 청소를 하지 말까 생각했는데 선생님께 맞을까 봐 할 수 없이 나 혼자서 청소를 했다.

교무실 청소를 하다가 나는 이쁜 과학 선생님을 자주 본다. 과학 선생님을 볼 때마다 아름답다는 생각도 드는데, 화장을 너무 짙게 해서 보기가 조금 싫다. 한 번쯤은 화장을 안 한 과학 선생님을 보고 싶다. 그러면 나는 과학 선생님의 진정한 미를 느낄 수 있을 테니깐.

나는 교무실 청소에 불만이 많다. 선생님은 우리에게 자기 일은 자기 스스로 해야 한다고 말씀하신다. 그런데 이 말씀을 하시는 선생님들은 자기가 먹고 난 컵을 우리에게 씻어 놓으라고 말하신다. 우리 담임 선생님은,

"컵을 닦을 때는 빠득빠득 하는 소리가 날 때까지 닦어야 된다. 그러지 않으면 혼날 줄 알아."

이런 말씀을 하신다. 나는 이 말을 듣고 내가 컵 당번도 아닌데 화가 난다.

'자기가 먹은 컵은 자기가 닦지, 왜 남에게 이래라 저래라야.'

나는 이런 생각을 한다. 그리고 우리는 선생님 책상도 닦아야 한다. 나는,

'선생님들이 아무리 시간이 없어도 자기 책상들은 닦을 수 있지 않을까?'

하는 생각이 든다.

나는 교무실 청소를 할 때마다 선생님들의 종이 된 기분이다. 우리도 당연히 제자가 된 도리로 교무실을 쓸고 닦고 할 수 있다. 그렇지만 컵이나 선생님 책상을 닦는 것은 너무 심하다고 생각이 된다. 선생님께서 우리들에게 자기 일은 자기가 해야 된다고, 모범을 보여 줘야 한다고 나는 생각한다. (1995년)

영어 시간

강원 속초 속초 중학교 2학년 임원

우리 영어 선생님은 올해 처음으로 선생님이 되신 그야말로 '초짜'다. 교단에 선 지 얼마 안 되어 아이들을 잘 이끌어 내지 못하신다.

오늘 6교시, 영어 시간이었다. 선생님이 5분 정도 늦게 들어오셨다. 그 앞 시간이 체육 시간이었다. 그래서 선생님이 들어오셨을 때, 기욱이가 거짓으로 소리쳤다.

"선생님, 들어오시면 안 돼요! 옷 갈아입고 있어요."

선생님은 정말로 믿고 밖에서 기다리고 계신다.

얼마 뒤 선생님이 들어오셨다. 그리고 영어 시험 점수표를 꺼내 놓으셨다. 앞에 앉은 아이들이 우르르 몰려 나간다. 선생님은, 들어가란 말도 않고 들어갈 때까지 그냥 놔 둔다. 아이들이 들어간 뒤,

"영어 부장, 나와!"

하신다. 영어 부장 필원이가 나온다. 선생님은 처음에 부르는 점수

가 객관식 점수이고 두 번째 부르는 점수가 총점이라고 하신다. 그러자 아이들이 총점만 부르면 된다고 한다. 선생님은 잠시 생각하더니,

"아항, 맞다!"

하신다. 필원이가 점수를 부르기 시작한다. 아이들이 많이 떠든다. 선생님은 가만히 계신다. 시험 점수를 다 부르고 단어 시험을 시작한다. 쪽지를 받고도 아이들은 조용히 하지 않는다. 선생님이 단어를 불러 주시는데도 떠든다. 선생님이나 옆 사람에게 뜻이 뭐냐고 아무렇지도 않은 듯 물어 본다. 옆에 있던 아이들은 크게 대답해 준다. 아이들이 너무 떠들어서 선생님이 말한 단어도 잘 들리지 않는다. 그래서 선생님께 다시 물어 본다. 선생님은 같은 단어를 네다섯 번 반복하신다.

시험이 끝나고 선생님은 아이들에게 쪽지를 걷어, 다시 나누어 주신다. 이 쪽 분단 것은 저 쪽으로, 저 쪽 분단 것은 이 쪽으로…….
그리고 아이들에게 채점하라고 하신다. 채점한 것을 걷어 선생님께 드린다. 선생님은 하나하나 보신다. 누구누구는 100점이라고 말씀하신다. 0점은 일어서 있으라고 하신다. 0점 받은 아이들에게,

"너는 다음 시간에 170쪽 단어 읽고 해석하고, 너는 168쪽 문제 풀어 줘라."

하신다. 선생님은 수업을 계속하려 하신다. 그러나 아이들은 따라오지 않는다.

"선생니이임, 놀아요."

선생님이 망설이다가,

"그래, 그럼 2분만 놀자. 노래할 사람 나와!"
하신다. 아이들이 실장보고 나가라고 한다. 실장은 자꾸 뺀다. 영민이보고 나가라고 해도 자꾸 뺀다. 선생님이 그만 하고 수업하자고 하신다. 그러자 아이들이 야유를 한다. 그러면서 선생님께 노래를 하라고 한다.

"(손을 들면서) 노래! 노래! 노래!……."

선생님은 목이 아파서 못 하겠다고 하신다. 그런데도 아이들은 계속 강요한다. 앉아서 손뼉을 치기 시작하더니 나중에는 서서 손뼉을 친다. 선생님은 웃으신다. 갑자기 어떤 아이가 소리친다.

"야, 25초만 끌어!"

그러자 다른 아이들이 계속 소리치고 떠든다. 잠시 뒤에 아이들은 숫자를 세기 시작한다.

"5, 4, 3, 2, 1, 땡!"

'땡!' 하는 순간 종이 쳤다. 이번 시간은 단어 시험 한 번 보고 끝난 셈이다. 아이들은 아무것도 안 했다고 좋아한다. 선생님은 인사를 받고 나가신다.

우리 반 아이들은 다른 시간보다 영어 시간에 더 떠든다. 영어 시간이라면 떠들고 놀아도 된다고 생각한다. 선생님이 야단치지 않아서 아이들이 더 떠드는 것 같다. 선생님이 아이들 때문에 울었다는 이야기를 들은 것도 한두 번이 아니다. 선생님이 너무 불쌍하다.

난 우리 영어 선생님을 좋아한다. 왜냐 하면 다른 선생님이 수업하시면 '로봇'이라는 생각이 들기 때문이다. 무슨 말을 했을 때, 재미있어서 다른 반 아이에게 말해 주면 자기네 반에서도 그 말을 했다고 한다. 그러나 우리 영어 선생님은 아이들이 어떤 말을 해도 잘 웃으며 받아 주신다. 가끔 단어 발음을 잘못 하기도 하고, 설명하다가 어떻게 말을 이어야 할지 몰라 당황하기도 하고 실수도 많이 하신다. 이런 영어 선생님 시간에는 '사람'이 수업한다는 느낌이 든다.

우리들은 선생님이 무섭게 하면 조용히 하고 아무 말 안 하시면 자꾸 떠든다. 아이들은 스스로 하는 방법을 잃어버렸다. 꼭 조용히 하라고 해야 조용히 한다. 아이들이 좀 알아서 했으면 좋겠다. 우리에게 화도 안 내시고, 얼마나 좋은가? 선생님이 주는 만큼 아이들이 보답을 했으면 좋겠다. (1999년 10월 14일)

복장 검사

경남 거창 혜성 여자 중학교 2학년 형은진

오늘 오후 점심 시간. 2, 3학년은 복장 검사를 하려고 모두 운동장으로 나갔다. 운동장에서 줄을 맞추며 '앞으로 나란히' 도 하고 '우향 우' '좌향 좌' '엎드려뻗쳐' 등 구령에 맞추어 행동을 취했다. 대충 줄이 맞자 선생님께서 마이크에 대고 말씀하셨다.

"자신의 머리가 길다고 생각하는 사람, 앞으로 나와."

나는 한 치의 망설임도 없이 앞으로 나갔다. 그 때 그냥 안 나가고 있었으면 선생님께 혼나지 않았을 텐데, 왜 앞으로 나갔는지 나도 잘 모르겠다. 그냥 선생님의 나오란 소리에 아무 생각도 없이 발이 움직여 나갔다. 나 이외에도 많은 아이들과 선배들이 앞으로 나왔다.

머리 긴 사람들이 앞으로 나오자 그 뒤를 이어 선생님께서 또 말씀하셨다.

"넥타이를 잘라서 단춧구멍에 끼워 다니는 사람, 앞으로 나와."

또 많은 학생들이 앞으로 나왔다. 점탱이 선생님께서는 머리 긴 사람, 넥타이 자른 사람을 불러 놓고 그 중에서 손톱에 매니큐어를 바른 사람 있냐고 물으셨다. 아무도 없었다. 넥타이를 자른 사람은 뒤로 물러나 있으라고 하시고, 머리 긴 사람 중 염색해서 탈색된 사람 나오라고 말씀하셨다. 우리는 서로 눈치를 보며 힐끔거렸다. 3학년 언니 4~5명이 앞으로 나왔다. 이 언니들한테 넥타이 자른 사람들이 있는 쪽으로 가라고 하셨다.

머리 긴 사람들은 선생님께서 검사를 했다. 보고 길다 싶으면 남고 괜찮다 싶으면 들어가라고 했다. 내가 검사를 할 때 조마조마해서 간이 콩알만해졌다. 왠지 남는 쪽일 것 같았다. 아니나 다를까 남는 쪽으로 끼고 말았다. 속으로 '아, 이제 죽었다. 또 한두 대 맞겠다.' 하고 생각했다. 근데 생각과는 달리, 선생님께서는 머리는 그리 길지 않으니 내일 자르고 화장실 청소를 하라고 하셨다. 맞을까 봐 걱정했는데 다행이다.

결국 방과 후 화장실 청소를 했다. 반짝반짝 빛이 나도록 타일 벽을 닦았다. 청소하면서 별로 불만은 없었지만 머리 자를 생각을 하니 끔찍하다.

우리 학교는 너무 심하다. 머리를 아주 조금만 자유롭게 해 주면 좋을 텐데 귀 밑 10~15센티미터라도. 우리 학교는 다른 건 다 좋은데 교칙이 엄하다. 학생들을 조금만 더 자유롭게 해 주면, 학생들을 조금만 더 이해해 주면, 학교 오기가 정말 좋아질 텐데. 정말 갑갑하다.

요즘 세상에 복장 검사라니. 새 천 년 밀레니엄 시대인데 왜 그렇게 복장 검사 따위로 구속만 하려고 하는지. 교복, 교칙, 딱딱 틀에 끼워 맞추길 바랄까? 우리의 생각, 우리의 마음, 우리의 개성은 하나도 이해해 주지 않고 아니, 이해하려 하지도 않고 무시만 하는 어른이 밉다. 그리고 나도 그런 어른이 될까 봐 두렵다.

(2000년 4월 3일)

경호 보기 부끄럽다

인천 부평 중학교 2학년 현철수

난 그 일이 생생히 기억된다. 내가 4학년 때였다. 그 때, 우리 가족은 작전동 삼미 아파트 앞 다세대 주택에서 살고 있었다.

하루는 집 근처에 있는 작전 국민 학교로 야구를 하려고 집을 나섰다. 우리 집과 담 맞은편에 살던 3학년인 경호는 나보고,

"형, 어디 가?"

"응, 작전 국교로 야구하러 가."

"그럼 나도 같이 가."

"그래, 그럼."

하고, 경호는 날 따라 나섰다.

작전 국교는 우리 집에서 백 미터도 안 되는 거리였다. 우리는 작전 국교를 가기 위해 차도를 건너야 했다. 밑으로 내려가면 신호등이 있었다. 난 밑으로 내려가는 게 귀찮아서,

"나, 그냥 여기서 건널래."

하고 말하니, 경호는,

"내가 먼저 건널래."

하며 차도를 건너려 했다. 차도는 왕복 2차선이었다. 주위에는 차가 없었다. 경호가 건너려고 할 때 저 위에선 버스 한 대가 오고 있었다. 경호와는 좀 먼 거리에 있는 듯했다. 나는 경호에게,

"버스 와. 조심해."

라고 했다. 하지만 경호는 들었는지 안 들었는지 차도를 건너려 했다. 그 순간, 위에서 오던 버스의 옆면에 경호가 부딪혔다.

"아!"

나는 소리쳤다. 그 버스는 대성 학원 버스였다. 경호는 옷가지가 갈가리 찢어진 채 버스 옆에 패대기쳐졌다. 그 때, 버스 운전 기사 아저씨께서 밖으로 나오셨다. 그 아저씨 얼굴은 매우 험상궂게 생겼다. 난 무서웠다.

경호를 보니 귀와 볼에서 피가 흘러내렸다. 경호는 정신을 잃었는지 아무 말도 하지 않고 있었는데, 그 때 경호의 얼굴은 볼 수 없을 정도로 망가져 있었다. 운전 기사 아저씨가,

"얼른 병원으로 가자."

하시며 경호를 안고 차에 태웠다. 나 또한 탔다. 난 경호를 안고 있었다.

버스가 출발했다. 놀랐는지 경호가 깨어났다.

"엄마, 엄마아!"

경호는 비명 같은 소리로 엄마를 부르며 울었다.

차 안에서 기사 아저씨께서는 나에게,

"차에 치었냐?"

"예, 앞에 치었어요."

하며 긴장된 목소리로 대답하자,

"야, 차 앞에 치었으면 죽었지 살았냐?"

하시며,

"그 애, 차 옆에서 넘어졌지. 맞지?"

하시자, 난 얼떨결에,

"네."

라고 대답했다.

'어, 아닌데. 차 옆에 치었는데.'

난 미처 차 옆에 치었다고 말을 하지 못했다. 왜인지는 몰랐다. 아마 아저씨께서 억압하듯 말씀하시는 데 기가 죽었는지도 몰랐다.

난 말하고 싶었다. 하지만 끝내 말이 나오지 않았다.

우리는 가까운 한마음 병원으로 갔다. 아저씨께서는 경호를 안으시고 병원 안으로 들어갔다.

"얼른 치료 좀 해 주세요. 급해요."

하자마자 의사 선생님과 간호원들이 경호를 침대에 눕히고 치료를 시작했다.

"얼른 치료 준비해요."

의사 선생님께서 말씀하셨다.

"너, 얘 형이냐?"

"아니요. 이웃에 사는 형인데요."

"얘네 전화 번호 아니?"

"몰라요."

그 때, 경호가 다시 깨어났다. 난 운전 기사 아저씨를 따라 경찰서로 갔다. 가는 도중 버스에서,

"야, 너 얘기 잘 해. 차에 부딪힌 거 아니다."

하시며 나에게 확인을 시키셨다.

경찰서로 가니 경찰 아저씨께서는,

"어떻게 된 거냐?"

"차 옆에서 넘어졌어요."

"정말이니?"

"네."

"그럼 됐다. 가 봐라."

난 집으로 왔다.

그런 일이 있은 후 경호가 퇴원하고 나아지자 가끔,

"형, 나 진짜 넘어졌어? 근데 왜 고막이 터졌어?"

하고 물을 때마다 난 아무 말도 못 했다.

난 지금도 후회된다. 분명 경호는 차 옆에 치었다. 난 그것을 감추었다. 난 괜히 경호에게 죄를 진 것처럼 아니, 죄를 졌으니까 경호 보기가 부끄럽다. 난 경호에게 비밀을 감추고 싶었다. 정말 내가 그 때,

"차 옆에 치었어요."

라는 한마디만 했더라도 이런 죄책감은 들지 않을 텐데…….

난 이 얘기를 아무에게도 하지 않고 지금까지 감추어 왔다. 왜인지는 모른다. 아마 내게 닥칠 일이 두려웠는지도 모른다. (1995년)

병 주고 약 주네

인천 부평 중학교 2학년 박정현

토요일 오후 5시 30분 정도에 친구네 집에 들러 농구공을 가지고 부일 여중으로 갔다. 가는 도중에 어떤 형을 만났다. 나는 모르는 형인데,

"안녕?"

하고 인사를 했다. '내 뒤에 누가 있나?' 하고 뒤를 보니 내 친구 용성이가 있었다. 그래서 나는,

"너, 이 형 알어?"

하고 물어 보니까 용성이는 안다고 그랬다. 그 형은,

"부일 여중에 사람이 많아."

하고 가지 말라는 듯 타일렀다. 하지만 우리들은 부일 여중으로 갔다.

운동장을 들어가자마자 우리는 "으악." 하고 놀랐다. 사람이 많아서였다. 나는 많다고는 생각했지만 이렇게 많은 줄은 몰랐다. 그 와

중에서도 봉완이는 농구를 했다. 어떤 형들이 시합을 하고 있었기 때문에 마음놓고 할 수가 없었다.

시합이 다 끝나고, 우리는 농구공을 들고 코트로 들어갔다. 그러자 나도 모르는 형이 공을 가로채 갔다. 봉완이는 그 형에게 다가가서,

"형, 공 이리 줘."

하고 말했다. 하지만 그 형은 들은 체도 하지 않고 슛을 쏘았다. 그리고 봉완이를 이상한 눈으로 쳐다보았다. 나는 예감이 심상치 않았다. 나는 공을 잡고 시합을 하자고 했다. 편을 가르는 동안 봉완이는 농구를 하며 놀았다.

봉완이가 슛을 쏜 공이 어느 형 머리에 맞았다. 방금 전 슛을 쏜 형이었다. 봉완이는 그 형에게 달려가 미안하다고 그랬다. 하지만 그 형은 봉완이의 얼굴을 한 대 때리고 공을 던졌다. 그 형은 나보고,

"야, 뛰어가서 공 가지고 와."

하고 명령을 했다. 봉완이는 화가 난 듯 눈을 크게 뜨고 그 형을 쳐다보았다. 그 형은,

"뭘 쳐다봐, 맞을래?"

하고 겁을 주었다. 하지만 봉완이는 눈 하나 깜짝하지 않았다. 그 형은 발로 봉완이 배를 한 대 쳤다. 봉완이는 배를 만지면서,

"왜 때려요?"

하고 대들었다. 그 형은,

"뭐? 왜 때려요? 어쭈, 대드냐?"

하고 겁을 한 번 더 주었다.

그 형은 키가 173센티미터 정도 되어 보였다. 눈은 축 처졌고 덧니가 나 있었다. 옷은 꼭 깡패처럼 입고 있었다. 점프를 뛰면 허리 살이 다 보이고 웃옷과 바지가 다 검정색이었다. 머리카락이 긴 것으로 보아 고등 학생 정도 되어 보였다.

그 형은 봉완이를 발로 한 대 더 때렸다. 나는 '나와 나이가 같다면 단체로 때리겠다.' 하고 생각했다. 그 형은,

"내가 너 나이였을 때는 형에게 '죄송합니다. 제가 죽을 죄를 지었습니다.' 했어."

옆에 있던 형이 봉완이보고,

"야, 빨리 집에 가!"

하고 말리려고 했다. 봉완이가 뒤로 돌아서려는 순간,

"너 어디 가?"

하고 집에 가려는 것을 또 방해했다. 그 형이 한 대를 또 때리려는 순간, 봉완이는 눈물을 흘렸다. 억울해서였다.

나는 그 형을 이해할 수가 없었다. 미안하다고 했으면 괜찮다고 하고 참으면 이런 일은 없었을 것이다. '애들을 그렇게 때리고 싶나?' 이런 의문까지 갖게 되었다.

봉완이가 울자 양심에 찔리는지,

"야, 괜찮냐?"

하며 봉완이에게 다가섰다. 봉완이는,

"괜찮아."

하고 말했다. 그 형은 얼굴을 만져 주며,

"정말 괜찮아?"
하며 농구공을 봉완이에게 주었다. 하지만 나는 봉완이가 괜찮아 보이지가 않았다. 왜냐 하면 얼굴이 벌겋게 변해 있었기 때문이다. 그리고 이렇게 추운 날, 얼어 있는 뺨을 손바닥으로 세게 맞으면 굉장히 아프기 때문이다.

옆에 있던 형은,

"집에 빨리 가라."
하면서 우리를 코트 밖으로 떠밀었다. 우리는 재빨리 부일 여중 밖으로 나왔다. 나는 집으로 가는 도중에,

"저 자식, 병 주고 약 주네."
하며 집으로 갔다. (1995년)

깡패

인천 부평 중학교 2학년 이기웅

1학년 1학기 중간 고사 보기 5일 전, 나는 현석이와 독서실을 가기 위해 현석이네 집에 들른 다음 현석이 자전거를 같이 타고 우리 집을 향해 갔다.

얼마 안 가서 계산 중학교로 들어가는 길이 있는데 고등 학생처럼 보이는 형 두 명이 갑자기 나오더니,

"야, 거기 두 놈, 이리 와 봐."

하는 것이었다.

현석이는 그 형들의 말을 들은 척도 안 하고 도망을 가려 했지만, 그 형이 뛰어오더니 나의 뒷덜미를 잡아 현석이도 같이 잡혔다. 그리고 주먹으로 때리려고 그러면서,

"이 새끼들이 도망을 가? 니네 오늘 죽어 볼래?"

하는 것이었다. 우리는 그 한마디에 쫄아서 그 형들이 하라는 대로 할 수밖에 없었다.

그리고 우리에게 어깨동무를 하더니,

"야, 소리지르면 맞으니까 조용히 걸어."

하였다. 어느 정도 가더니 어깨동무를 내렸다. 그리고 돈을 내놓으라고 하였다. 그 때까지는 무서워서 그 형들의 얼굴을 자세히 보지 못했는데 돈을 뺏을 때 얼굴을 보니, 한 형은 얼굴이 하얗고 은색 안경테가 있는 안경을 꼈고, 다른 한 형은 얼굴에 주근깨가 많은 못생긴 얼굴이었다.

안경을 낀 형이 주머니에서 담배를 하나 꺼내더니,

"돈 내놔."

하는 것이었다. 나는 그 때 돈이 없어 없다고 하니,

"거짓말이면 죽어."

하더니 내 몸을 수색하였다. 돈이 없자 그 형은,

"니네 집 그지냐? 돈도 안 가지고 다니게."

하였다. 나는 그 형을 한 대 치고 싶었다.

그러고 나서 현석이한테 가더니,

"너는?"

그러자 현석이는 독서실 갈 돈 만오천 원을 내놓았다. 그러자 못생긴 형이 그 돈을 가로채 갔다. 안경을 낀 형이,

"재들 불쌍하니까 오천 원은 그냥 줘."

하자 못생긴 형은 삼천 원을 주었다. 현석이는 그 돈을 얼른 받았다.

그 형들이 하는 말이,

"다음에 만나면 돈 갚을 테니 울지 말고 가."

하였다.

나와 현석이는 그놈들을 욕하면서 나의 집에 들른 다음, 현석이네 가서 독서실 갈 돈을 챙기고 독서실로 향해 갔다.

그런데 독서실 가는 도중에 안경만 틀리고 얼굴이 비슷한 형을 만났다. 나와 현석이는 요리조리 피하면서 독서실로 들어갔다. 자리를 배치받은 다음, 그 자리에서 공부를 하고 있는데 샤프가 떨어져 주우면서 우연히 뒤를 봤다. 근데 운명의 장난인지 그 형이 그 자리에서 공부를 하고 있는 것이었다.

나와 현석이는 독서실 주인 할아버지에게 오후의 일을 말하고 자리를 바꿨다. 그러나 공부가 되지 않아 시간만 때우고 밤 11시쯤에 집으로 돌아왔다.

지금도 멀리서 형들이 몰려다니면 깡패같이 보여 피해 다니곤 한다. (1995년)

3부 스스로 일하는 즐거움

— 일하는 이야기

일하는 건 즐거워

내가
이상한 걸까?

난 어릴 때부터 무언가를
스스로 하는 것을 좋아했다고 한다.
내가
할꺼야=

엄마가
신겨 줄게.
시뎌=

내가 신을거야.

네 살 때 설거지를 한다고
쨍그랑-

♪♫
부글-부글

일하는 습관을 길러야 좋다고
엄마는 말리지 않으셨다.
이렇게
하는 거야.
아항-

난 공부하는 것보다

음악을 크게 틀고 일하는 게
더 좋고 신난다.
야호-
빠밤 빠~

힘이 넘친다-
Rock
Dance
야호-

집을 정리하고…

청소기를 밀고

동생은 신발장 정리와

음식물 쓰레기를 버린다.

빨래를 널고

동생은 양말 같은 것을 넌다.

온 집안이 윤이 나고 빨래에서 나는
향기가 온 집안을 감싼다.

다른 아이들은 새벽까지 채팅하고
손이 얼얼하도록 오락기를 두들기고…

콜라텍에 가서 테크노 댄스를
춘다고도 한다.
콜라텍?
나도 가볼까?

그러나 집에서 일하면
돈도 안들고 남의 눈치 보는 일도
없고, 뿌듯하기도 하다.

걱정도 사라지고
일에 몰두하니 마음도 가벼워진다.

그런데 기분 좋게 일을 하다가도
엄마가 시키면 짜증이 난다.
민석아
걸레질 좀 해라.

하고 있잖아요.
미안.

토요일날
민석아 우리 콜라텍 가자.
콜라텍?

저……난……집에 가서…
우리 집… 청소도 하고…
……그리고.

칫!
니가 뭐 파출부냐?
우리끼리 가자~

나는 파출부가 아니라
우리 집을 이끌어 가는
한 사람이야.

엄마는 말씀하신다.
놀기만 하면 몸이
게을러지고 정신이
흐려진단다.
설마…

그랬다. 방학 때 일은 안 하고
게으르게 지냈더니 살만 찌고 정신도
멍해지는 기분이었다.
이래선 안 돼
음냐~

나는 언제나 일을
하며 활기차게
살고 싶다.

일요일마다 내가 하는 일

강원 속초 속초 여자 중학교 2학년 권현지

나는 일요일마다 가는 곳이 있다. 우리 엄마, 아빠가 일하는 곳. 영금정 동명항이라는 곳인데, 그 곳 방파제 아래쪽에다가 판때기로 물이 새지 않도록 통을 만들어 그 곳에 물을 댄다. 그러고는 새벽에 어부들이 밤새 잡은 고기를 입찰해서 그 통에 넣어, 관광객이나 그 곳으로 놀러 오는 손님에게 팔아서 그 고기를 썰어 주는 사람에게 보내는데, 우리 부모님은 고기를 썰어 주는 일을 하신다.

완전한 횟집이 아닌 그냥 그런 곳이다. 방파제 바로 밑에서 바람이 안 새도록 포장을 하고 고기를 받아서 써는 일이다. 처음 일하게 된 동기는 우리 삼촌뻘 되는 분이 거기서 '5호집'이라는 고기 통을 맡고 있어서, 아빠가 한참 직업을 바꾸려고 할 때 빈 자리가 있어서 소개시켜 준 것이다. 그 곳의 자리를 얻으려면 꽤 힘을 써야 하는데 처음 들어가서는 무조건 싸워야 한다는 거다. 터를 잡기 위한 과정인 것이다. 엄마는 원래 싸움을 안 좋아하셔서 삼촌과 숙모만 믿고 있었다.

1993년 1월부터 시작했는데 신정, 구정 때문에 한창 일이 바쁠 때, 처음이라 칼질이 손에 익지 않아서 숙모가 올라와 썰어 주고 삼촌 혼자 고기를 판 적도 있다. 지금은 사람들이 인정해 줄 정도로 제일 깨끗하고 잘 썬다고 소문이 났다.

그러면서 차츰 바빠지기 시작해서 내가 나가서 일을 했다. 택시를 타면 아저씨들께서,

"너같이 쬐그만 애가 가서 뭘 하니?"

하시지만 내가 하는 일은 꽤 중요한 일이다. 우선 그 곳에 가면 아줌마들이 지나가는 사람들을 붙잡고,

"모둠회 한 접시 하구 가. 둘이 한 접시만 하면 실컷 먹겠네. 말만 잘 하면 그냥 줄 수도 있지."

하면 대부분의 사람들이 걸려든다.

바구니에 담겨진 고기는 아줌마 손에 이끌려 우리에게 오게 된다. 먼저 아빠가 배를 가르고 껍질을 벗겨서 옆에 같이 일하는 아줌마들한테 주면, 아줌마들은 바쁘게 썰고 엄마는 멍게나 오징어 따위를 손질하신다. 칼질을 몸 바깥쪽, 다시 말하면 우리는 대부분 몸 안쪽으로 칼질을 하는데 썰면서 내려갈 때 칼을 끌어당기지 않고 바깥으로 밀어 내는 방식이다. 이렇게 썰면 힘이 덜 든다고 한다.

아빠는 고기를 잡으시다가 고기가 팔딱팔딱 뛰면서 도망을 가면 끝까지 쫓아가 잡아 와서는,

"이놈아! 가만히 있으면 맞지도 않잖아?"

하시면서, 칼의 위쪽 날카롭지 않은 곳으로 고기의 머리 쪽을 살살

두세 번 쳐서 기절시킨다.

여름에는 모든 인간들이 다 몰려들어 등대 주변에 쫙 깔린다. 대부분이 관광객이나 가족 단위이다. 그 일을 하면 학생 신분의 나를 잊어야 한다. 왜냐면 아줌마, 아가씨, 학생, 꼬마야, 애기야 하는 별의별 호칭을 다 듣기 때문이다. 나는 거기서 다 완성된 회를 소쿠리에 담아 상추, 고추, 마늘을 넣어 가져다 주고 돈을 받는 일을 한다. 어떤 사람들은 칭찬도 하고, 어떤 사람들은 뭐가 그렇게 비싸냐면서 엄마를 부르신다. 대부분 골치 아픈 일은 엄마가 하신다.

한번은 나르다가 흘린 적이 있는데, 약간 떨어졌을 뿐인데 막 화를 내면서 바꿔 달라고 해서 하는 수 없이 엄마는 다시 고기를 사 와서 썰어 주었다. 나 같아도 화를 냈겠지만 막무가내로 화를 내는 그 사람이 미웠다.

그렇게 그렇게 시간이 가면 6시쯤에 손님이 더 많다. 방파제 전체에 쫙 깔려서 나갈 생각을 안 한다. 그 땐 정말 인간만 봐도 지겹다. 그래서 몰래 화장실 간다고 하고 바닷가로 나와서 휭 둘러보고는 내려와서 일한 적이 몇 번 있다.

8시면 군인이 나와서 호루라기를 불고 등대에서 빛을 비춰 사람들을 내보낸다. 그 때 가로등 불을 켜고 청소를 한다. 나는 가로등 빛 어두운 데서 돈을 센다. 사람들이 볼까 봐서이다. 사람들이 돈 세는 거 보면 뭐라고 할까 봐서 엄마는 그런 데서 돈을 세라 하신다.

그리고 배를 타고 집에 온다. 돈을 많이 번 날은 그만큼 힘들지만 집에 오는 길에 제일 신난다. 우리 집은 동명동에서 버스로 15~20분 정도 걸리는 청호동에 있는데, 배로 가면 확실히 빨리 갈 수 있다. 바닷가 근처 횟집에서 비치는 불빛들과 등대 불빛을 맞으며 검은 바다를 헤치고 집에 가는 길이 제일 행복하다.

집에 와서는 우선 씻고, 그 다음 자는 것이 아니다. 가지고 온 상추 바구니와 고추, 마늘 뭉텅이를 풀어서 물에 씻은 뒤, 상추는 다듬어 노랗고 큰 바구니에 담아 놓고, 마늘은 손에 쥐고 칼로 조금씩 떼어 내는 식으로 자른다. 고추는 채 썰 때 모양처럼 써는데 조금 굵게 썰어야 한다. 그리고 봉지에 적당량을 담아서 팔 수 있게 해 놓는다.

마지막으로 저녁 시간. 아까 낮에 쏟은 회를 꺼내어 밥과 함께 회를 상추에 싸서 먹으면 그야말로 진수성찬. 그래서 이젠 저녁마다 회가 없으면 밥을 못 먹을 정도로 회를 좋아하는 내가 되었다.

내가 안 나간 평일에는 엄마가 내가 하는 일을 하신다. 저녁이 되어 부모님께서 돌아오시면 피곤함에 싸인 얼굴을 보며 무슨 말을 해주고 싶은데, 쑥스러워서 그냥 "갔다 왔어?"라는 말밖엔 할 수 없다. 거기 나가서 일하면서 느낀 것은 엄마, 아빠가 나를 위해 고생하신다는 것과 항상 사람들이 돈을 그렇게 쓰는 걸 보면 나는 돈을 많이 버니까 좋지만 놀랄 수밖에 없다.

그 후, 가끔 길을 가다 동명항 활어장을 찾는 사람을 보면 자세히 가르쳐 준 뒤 꼭 '5호집' 을 찾아가라고 말해 주곤 한다. 그리고 앞으로 우리 엄마, 아빠를 더욱더 사랑할 거라고 다짐한다.

(1993년 11월)

고추 농사

강원 평창 평창 중학교 2학년 이동윤

우리 집은 농사를 짓고 있는데 주로 벼농사, 담배 농사, 고추 농사입니다. 특히 그 중에서 고추 농사는 힘도 들면서 일손도 많이 가는 일입니다. 고추 씨앗이 싹틀 때까지 그리고 싹튼 씨앗을 심어 올라올 때까지 정말 힘도 들고 일손도 많이 갑니다. 그리고 땅에서 올라온 데다 약을 한 번이라도 잘못 치면 미치는 영향이 크고, 싹에서부터 병든 모종은 밭에다 심어 봐야 거의 잘 되지 않습니다. 그러니 싹에서부터 다 커서까지 정성스럽게 가꾸어야 합니다.

고추를 딸 때에도 허리를 숙이고 하루 종일 지내다 보면 허리도 아프고 힘들어 어른들은 허리가 아프다든가 신경통이라든가 하는 병을 얻습니다.

거기에다 고추를 말리면서 또 애를 먹어야 합니다. 그전에는 방에다 탄불을 피워 말려, 온도를 조절하기가 나쁘기 때문에 항상 지키고 있다가 불을 조절하며 그 지독한 연탄 가스 냄새를 맡아 가며 고추를 말렸지요. 요즘은 건조기에다 말려 편하긴 하지만 온도 조절을 조금이라도 잘못 하면 고추가 타곤 합니다.

이렇게 힘들게 지어 왔기 때문에 그전에는 장에 가서 고추를 한 자루 팔면 한 근에 3천 원이 넘어, 보통 한 자루 20근을 팔면 6만 원이 넘어 볼일 보고 장거리도 했지만, 요즘은 고추값이 한 근에 5백 원도 안 되게 떨어져 어른들은 큰 실망을 하고 있습니다.

그래서 장에 고추를 가지고 가기보다는 콩이라든가 마늘 같은 다른 농작물을 가지고 가시고 고추는 집에다 묻어 놓으니, 풍년이 져도 당하는 사람은 농민뿐인 것 같습니다. 만약 흉년이 졌다면 값은 오르겠지만 모자라는 물자를 수입하니 올라봐야 얼마나 오르겠습니까. 그러니 풍년이 져 더 못 살게 되니 어느 누가 농사를 지으려 하겠습니까. 그러나 또 잘 짓지 못하면 자녀 학비, 빚을 갚을 수도 없고, 이렇게 점점 어렵게 되니 도시에 인구가 집중하는 원인이지요. 요즘 자주 일어나는 농민 데모도 다 이런 까닭으로 일어나는 것 같습니다. (1988년)

깨 모종하기

강원 속초 속초 여자 중학교 1학년 우경진

지난 일요일날 저녁 7시부터 9시까지 앞논 옆에 있는 밭에 깨 모종을 심었다. 엄마랑 같이 심었는데 잘 못 심는다고 많이 혼났다.

이 밭은 원래 논인데, 작년에 모래를 다 쌓아 올려서 밭을 만들었다. 굉장히 넓은데, 거의 둘레에는 며칠 전에 옥수수를 심었다. 지금 옥수수의 키가 작은데 빨리 컸으면 좋겠다.

일요일날은 엄마가 아는 집에서 깨 모종을 큰 고무 대야에 한가득 얻어 오셨다. 그래서 깨 모종과 비료 담은 통, 호미와 목장갑을 가지고 밭으로 갔다. 저녁때라서 그런지 주위에 어둠이 조금씩 깔려 있었다.

먼저 호미로 땅을 파서 깨 모종을 줄기가 가는 것은 두 개씩, 줄기가 굵은 것은 하나씩 땅 속에 넣고 흙으로 덮어, 쌓인 흙을 꼭꼭 꼭꼭 눌러 준다. 이런 식으로 여러 번 반복했다. 쪼그리고 앉아서 자리를 한 발 한 발 옮겨 가며 내가 한 줄을 다 심었다. 한 줄을 심는데도 팔도 아프고, 허리도 아팠다. 엄마는 얼마만큼 심으셨나 궁금해서 엄마가 계신 쪽으로 고개를 돌렸는데 벌써 한 줄 반이나 넘게 심으시고 계셨다. 엄마는 점점 날이 어두워지니까 빨리빨리 심으라고 재촉하셨다. 깨 모종을 다 심으니까 벌써 8시 30분이었다.

난 깨 모종을 다 심고 난 뒤 밭을 둘러보았다. 밭이 꽉 찰 정도로 과일이나 채소를 심지 않았지만, 그 중의 일부를 내가 심었다는 것이 기분 좋았고 뿌듯했다.

그 다음 옥수수에 비료를 줬다. 비료를 바로 옆에 뿌리는 것이 아니라, 약 한 뼘 정도 되는 곳을 호미로 파서 비료를 두 줌씩 조금만 떠서 뿌렸다. 나는 구덩이를 파고 엄마는 비료를 줬다. 날만 더 훤했다면 다 끝마칠 수 있었는데, 어둡고 자꾸 모기가 물어서 9시까지만 하고 왔다. 모두모두 쑥쑥 잘 자랐으면 좋겠다. (1994년 7월 5일)

열무 다듬기

강원 속초 속초 여자 중학교 1학년 우경진

저녁에 마당에서 엄마랑 같이 열무를 다듬었다. 엄마가 앞밭에 가서 김치를 담그려고 큰 대야에다 가득 뽑아 오셨다. 대문 옆에 둘이 쪼그리고 앉아 열무를 다듬기 시작했다. 엄마는 칼을 들고 뿌리를 잘라 내고 큰 잎의 끝을 조금씩 툭툭 치셨다. 나는 별로 할 일이 없어서 뿌리에 묻은 흙을 털어 내고, 노랗게 된 잎을 떼어 내는 일을 했다. 다섯 시 오십 분에 해서 만화 영화를 보지 못해 아쉽기도 했다. 뿌리에 묻은 흙을 털어 내면서 뿌리는 무슨 뿌리다, 잎은 민들레랑 비슷한 어떤 잎이라고 말하면서 과학 시간에 배운 내용을 생각하며 공부한 티도 냈다. 그리고 뿌리를 보니깐 옛날에 소꿉놀이하면서 뿌리를 반찬으로 삼아 잘라서 생으로도 놓고 볶고 지지고 하던 별 희한한 생각이 다 들었다.

오랜만에 엄마랑 이런 시간을 가져서 기분이 좋았고 이런 기회를 더 많이 가졌으면 좋겠다. (1994년 6월 27일)

스스로 일하는 즐거움

경기 안성 안성 여자 중학교 2학년 이민영

나는 어릴 때부터 스스로 무언가를 하는 것을 좋아했다고 한다. 옷이나 신발도 엄마가 입혀 주고 신겨 주면, 곧 벗어서 다시 내 손으로 입었다고 한다. 또 네 살 때부터 설거지를 한답시고 그릇을 깨지 않나, 퐁퐁을 잔뜩 풀어 사방을 거품투성이에 물바다를 만들어 놓기도 하고, 엄마 몰래 목욕탕에서 빨래를 한다고 뭉기적대다가 옷을 다 적셔서 엄마를 힘들게 했다고 한다.

그렇지만 엄마는 어렸을 때부터 일하는 습관을 길러야 커서 안 힘들다고 하시며, 이런 나를 말리지 않으셨다고 한다.

이런 어린 시절을 보내서인지 나는 책상 앞에 붙어 앉아 진득이 공부하는 것보다 음악을 크게 틀어 놓고 온 집 안을 휘젓고 다니며 일하는 것이 더 좋고 신난다. 또 난 일할 땐 꼭 음악을 듣는다. 그것도 록이나 댄스 음악으로……. 그래야 더욱 힘이 불끈 솟는다.

우리 집은 집안일을 다 같이 한다. 나는 펄펄 끓는 젊음의 피로 안방 침대 정리부터 시작해서 마루, 부엌, 공부방, 옷방 정리를 한 뒤 청소기를 밀고 다니며 노래에 맞춰 흥얼대기도 하고 춤도 춘다. 엄마는 이런 나를 졸졸 쫓아다니며 걸레질을 하시고, 잘 안 된 곳은 하나하나 집어 잔소리를 하신다. 동생은 신발장 정리와 쓰레기를 분리하고 음식물 쓰레기를 버린다. 청소하는 사이 빨래가 다 되면 엄마와 나는 큰 빨래를 널고, 동생은 양말 같은 것을 넌다. 이렇게 하고 나면 집 안이 반짝반짝 윤이 나고 빨래에서 나는 샤프란 향기가 온 집 안을 감싼다. 그 때 그 황홀함을 직접 느껴 보지 못한 사람은 모른다.

요즘 청소년들은 남아도는 힘을 다 쓰지 못해 거리를 방황하고, 노래방에 가서 소리를 지르고, 피시 방에 가서 새벽까지 채팅을 하고, 오락실에 가서 손이 얼얼하도록 오락기를 두들기고, 콜라텍에 가서 테크노댄스를 춘다고 하는데, 나도 가끔은 그렇게 하고 싶기도 하다. 그렇지만 집에서 음악 틀고 춤추며 일하는 것이 더 재밌고, 돈도 안 들고, 남의 눈치를 볼 일도 없고, 스스로 뭔가를 한다는 생각에 뿌듯하기도 하다. 또 근심 걱정이 사라지고 그 일에만 몰두하게 된다.

그런데 이렇게 기분 좋은 일도 엄마가 시킬 땐 진짜 짜증나고 하기 싫어진다. 더군다나 하고 있는 일을 시키시면 기분이 참으로 찝찝하다. 엄마가 시키니까 억지로 한다는 생각이 들기 때문이다.

토요일날 같은 때, 친구들이 노래방이나 콜라텍에 같이 가자고 할 때면 가고 싶은 마음과 일해야 한다는 마음 사이에 갈등이 일어나, 친구들에게 내가 집에서 해야 할 일이 엄청 많은 듯이 푸념을 늘어 놓는다. 그런 나를 보며 친구들이 식모니 파출부니 하며 한마디씩 던질 때 기분이 매우 나빴다.

하지만 지금은 괜찮다. 내가 언제나 푸념만 늘어놓아서 그랬다는 걸 알았기 때문이다. 사실 속마음은 그렇지 않은데 말이다. 그래서 지금은 친구들이 놀리면 난 식모가 아니라 우리 집을 이끌어 가는 한 사람이라고 말해 주고 싶다.

가끔 놀고 먹고 싶을 때도 있지만 그럴 때마다 엄마는 말씀해 주신다. 그러면 몸이 게을러지고 정신이 흐려진다고 말이다. 엄마 말씀이 맞다. 방학 때, 일을 안 하고 게으르게 지냈더니 살만 띠룩띠룩 찌는 것 같고 정신이 멍해지는 것을 느꼈기 때문이다. 일을 안 하면 지금 당장은 편할지 몰라도 나중에 힘들어진다. 그래서 나는 언제나 일을 하며 살아갈 것이다. (1999년)

저도 할 만큼은 하고 있어요

경기 안성 공도 중학교 2학년 황정희

며칠 전부터 아버지는 나를 자꾸 야단치신다. 동생과 내가 어릴 적에 어머니가 집을 나가서 그 동안 할머니가 집안일을 거의 해 오셨는데, 아버지가 술을 너무 많이 드시는 데 화가 나신 할머니가 큰아버지네로 가 버리셨다. 그 동안 아버지의 술버릇을 고치려고 할머니는 몇 번이나 집을 나갔다 다시 돌아오시곤 했는데, 이번엔 큰아버지 집에서 아주 눌러 사실 모양이다. 그래서 집안일은 내가 다 도맡아서 하고 있는데, 아버지 눈에는 내가 집안 살림을 영 시원치 않게 하는 것처럼 보이나 보다.

어제 아버지는 열 시 삼십 분쯤에 회사 일을 마치고 집으로 돌아오셨다. 아버지가 씻을 동안 난 밥상을 차려 놓고 속옷과 수건을 꺼내 세면대 옆에 놓았다. 이윽고 아버지가 다 씻고 밥을 먹으려고 밥상 앞에 앉았다. 반찬을 살펴보더니,

"뭐, 국 아니면 찌개 같은 것 없냐?"

"없는데요."

아버지는 한심하다는 표정으로 날 쳐다보더니,

"라면이나 삶아!"

퉁명스럽게 말씀하셨다. 난 그 때 아버지가 화난 것을 알고, 아버지의 성질을 건드리지 않으려고 조심스럽게 대했다.

아버지는 라면에 밥을 말아 드신 다음, 또 트집을 잡았다.

"왜 밥에 콩 안 넣었어?"

"제가 콩이 싫어서요."

"네가 싫으면 다 안 하는 거야? 사실은 귀찮아서 그런 것 아냐?"

"아니에요. 다음부턴 콩 넣을게요."

아버지는 눈썹을 찡그리고 눈을 부라리며 금방이라도 때릴 것처럼 한참 신경질을 내시더니 빨리 치우고 자자고 했다.

밥상을 치우고 설거지를 한 다음에 이불을 깔고 자명종 시계를 맞춘 뒤 자리에 누웠다. 자정이 다 되어 가는 때였다. 난 속으로 화가 났다. 나도 아버지에게,

'아버지, 저도 할 만큼은 하고 있어요.'

하고 싶었지만, 그런 말을 했다가는 더욱 신경질을 내고 잔소리를 할 것 같아서 참았다. 이젠 아버지의 얼굴만 봐도 알 수 있다, 아버지의 기분을.

조금 누워 있으니까 아버지가 날 부르더니 일어나라고 했다. 늦은 시간이어서 졸렸지만 일어났다.

'이제부터 또 잔소리를 하겠지.'

아니나다를까 내 생각이 맞았다.

"넌 대체 집에서 뭐 하니?"

'집안일 하고 있는데요.'

하고 대답하고 싶었지만 이것도 집안일이라고 하냐고 할까 봐 아무 말 못 했다. 아무 말도 못 하고 가만히 있으니깐 왜 아무 말도 안 하냐고, 반찬도 없고 이게 뭐냐고, 하루 종일 일하고 들어온 사람한테 라면이 뭐냐 하며 소리지르고 때리려고 했다. 너무 무서워 이불을 뒤집어썼다. 아버지가 너무 무서워 이불 속에서 벌벌 떨고만 있었다.

"앞으로 살림 이렇게 할려면 네 갈 데로 가!"

아버지는 큰 소리로 악을 쓰더니 누워서 잠을 잤다.

난 잠시 머릿속이 텅 빈 것처럼 멍했다. 시간이 흐르면서 움츠러들었던 마음이 풀리면서 아버지의 말이 너무 심하다는 생각을 했다.

'그 동안 학교 갔다 집에 오면 방을 쓸고 닦고, 아침에 어질러 놓은 것 정리하고, 여름옷과 가을옷을 바꿔 옷장을 정리하고, 겨울 이불 홑청을 뜯고 빨아서 다시 꿰매는 데 시간 다 빼앗기고, 또 빨랫거리는 왜 그렇게 날마다 나오는지 세탁기 돌리기 바쁘고, 반찬이 맛 없으면 아버지가 드시지를 않으니, 반찬 만드는 법까지 옆집 아주머니한테 물어 가면서 했는데, 집안 살림에 시간을 다 빼앗겨서 학교 공부할 시간마저 없는 날들이 날마다 되풀이되고 있는데…….'

이런 생각을 하니 잠이 오지 않았다. 생각하면 할수록 억울하고 화가 났지만, 한편으론 우리 식구를 먹여 살리기 위해 새벽부터 밤늦게까지 고생하시는 아버지의 입맛 하나 못 맞춰 드린 걸 생각하니

이내 아버지를 향한 섭섭한 마음은 사라지고 내가 잘못했다는 생각이 들었다.

'내일 저녁에는 아버지가 좋아하시는 버섯찌개나 해야겠다.'

이런 생각을 끝으로 늦게 잠이 들었다. 밤늦게까지 잠을 설친 탓인지, 일어나라는 아버지 말을 듣고 깜짝 놀라 벌떡 일어나 자명종 시계를 봤다. 시계는 벌써 아버지가 눌러 놓은 뒤였다.

"죄송해요. 시계 소릴 못 들었어요."

계속 말했지만 아버지는 들은 척도 안 했다. 난 그만 늦게 일어난 탓에 또 아버지한테 혼났다.

"내가 이럴 줄 알았지. 니가 하는 일이 다 그렇지 뭐. 이 애비가 하는 운전은 시간을 잘 지켜야 되는 거라는 거 알어? 이게 뭐야, 세수도 못 하고 가고."

아버지는 허둥거리며 옷을 입으면서도 잔소리를 해댔다.

'잔소리하느라고 더 늦겠네요.'

속으로 계속 아버지가 하는 말에 대꾸했다.

아버지는,

"으이구, 뭐 제대로 하는 게 있어야지."

이 한마디를 내뱉고 시계를 보더니 얼른 나가셨다. 아버지 뒷모습을 보며 내 마음 속에서는 또 이런 말이 부글거렸다.

'아버지, 저도 할 만큼은 하고 있어요.' (1996년 10월 1일)

집에 가는 길

강원 속초 설악 여자 중학교 2학년 김현주

나는 학교 다니는 게 정말 힘들었다. 엄마가 안 계시기 때문에 혼자서 엄마가 해야 할 일을 내가 다 해야 하기 때문이다. 학교가 끝나면 신이 나지만 다른 아이들처럼 분식집에 가거나 친구 집에도 못 가고 곧바로 집에 와서 일을 해야 한다. 이 일을 5년 반 동안 해 왔다.

내 생활은 이렇다. 아침에 다정스런 목소리로 깨워 줄 엄마가 없기 때문에 그 목소리를 대신하는 알람 시계가 6시 30분에 나를 깨운다. 그러면 일어나기 싫어서 어리광피고 싶지만 난 그럴 상대가 없다. 그래서 눈 비비고 일어나 화장실로 간다. 그 다음, 어제 저녁 내가 해 놓은 밥과 몇 가지 반찬을 신경 써서 도시락을 싼다. 아침을 챙겨 먹고, 저녁에 빨아 말린 교복도 하나하나 정성들여 입고 집을 나선다. 아직 아버지와 동생은 자고 있다.

친구와 함께 학교 교문에 들어서면 선도부와 마주친다. 그러면 나도 모르게 가슴이 두근거리며, 정성들여 입고 온 옷을 아래위로 훑어본다. 혹시 잘못된 게 없나 하고 말이다.

하지만 세상이 참 우습지, 그러던 내가 3일 전부터 교문에서 다른 애들 복장을 검사하는 선도부가 됐다. 교실에 들어가서 밥하고 빨래하고 청소하느라 못 했던 숙제를 그제야 부리나케 베낀다. 숙제 공책에 글씨는 나도 알아볼 수 없는, 세상에 하나밖에 없는 글씨다. 숙제 검사할 때 조마조마한 마음으로 검사 맡는다.

한 시간 한 시간 지나 어느덧 4교시, 점심 시간이 다가온다. 나는 도시락 먹을 기대로 가슴이 부푼다. 4교시 마치는 종이 울리자마자 도시락을 꺼내 놓고 밥 먹을 준비를 한다. 가끔 4교시 끝종이 쳐도 계속 수업을 하면 그 선생님은 정말 밉다. 친구들과 모여 도시락을 펴 놓고 나면 왠지 내 도시락 어딘가 이상하다는 기분이 든다. 어쩌다 친구들이 "이거 누가 했어? 참 맛있다." 하면 나는 머뭇머뭇거리며 대답하지 않고 지나간다. 그럴 때는 내 마음 한 구석이 답답해진다. 하지만 그런 내색 하지 않고 웃고 떠들며 점심을 먹는다.

청소 시간에 아이들이 "너, 청소 잘 한다."고 하면 나는 "뭐, 이런 것 가지고." 한다. 그러다 어떤 애가 "너, 집에서 그만큼만 해 봐라. 반찬이 싹 바뀐다." 하면 나는 어색한 표정을 짓고 웃는다. 그런 말 들을 때 내 마음은 내 아픈 가슴을 찌르는 것 같아 우울하다. 밥반찬을 내가 만들어 먹는데 아무리 청소를 열심히 해도 맛있는 반찬을 만들어 줄 사람이 없다. 우스운 얘기다.

그리고 아이들과 집에 오는 길에도 입으로는 수다떨고 장난치지만 머릿속으로는,

'저녁은 뭘 해 먹지? 숙제는 많은데 언제 청소하고 숙제하나.'
이런 생각을 한다. 그러면 집에 가는 길이라도 발걸음이 무겁다.

집에 오면 교복을 벗어 놓고, 아침에 치우지 못했던 방과 거실을 치운다. 이불도 개고 방도 쓸고 걸레로 닦고 설거지를 하고 부엌을 닦고 그러면 힘이 다 빠진다. 이제 저녁밥을 해야 한다. 반찬이 없으면 슈퍼에 간다. 슈퍼에는 다 가공 식품에 만들어 놓은 반찬밖에 없다. 그러면 고민고민해서 밥반찬과 도시락 반찬을 사서 들고 온다. 이제 저녁밥과 아침에 도시락 쌀 밥을 하고 몇 가지 반찬거리를 지지고 볶고 냉장고에 있는, 아버지가 잡아 온 생선을 꺼내 국을 끓이면 저녁이 다 된다. 그러고 나면 어느 새 어두워진다.

우리 세 식구 모여 밥을 먹는다. 아버지와 동생은 내가 준비한 밥과 반찬을 맛있게 먹어 준다. 밥을 먹다 다른 날보다 맛있다고 느껴지면 자신 있게 아버지에게 묻는다. "아빠, 국 맛있지?" 하면 가만히 계신다. 그러면 나는 다시 "아빠는 내가 묻는데 대답도 안 하나? 기분 나쁘게." 그러면 그제야 "맛있다. 뭐 넣고 했어?" 하고 묻는다. 그러면 나는 웃는다. 밥 먹을 때 학교에서 있었던 재미있었던 일, 우리와 같은 처지에 있는 애들 이야기를 하면서 먹는다.

그리고 하기 싫은 설거지를 억지로 해 놓고 나면 숙제할 시간도 얼마 없다. 대충 하거나 안 하고 가방을 챙겨 놓고 텔레비전을 조금 보다가 잔다.

그런데 요즘은 새엄마가 들어오셔서 예전처럼 힘들지 않다. 하지만 내가 여태껏 청소하다가 다른 사람에게 맡기고 나니 마음에 안

드는 게 한두 가지가 아니다. 그 분야에서는 선수가 다 되었는데, 새엄마는 방 쓸 때 보면 위에서부터 아래로 쓰는 게 아니라 지저분한 곳 부분부분만 쓸고, 닦을 때도 위에서 아래로 싹싹 닦아야 하는데 희한하게 닦는다. 그래서 청소해 놨다는 방도 다시 다 쓸고 닦고 치운 적이 많다. 치웠다고 치운 게 싱크대 서랍문을 열어 보면 그릇도 아무렇게 쌓아 놓고, 농 안에 옷도 구석구석에 쑤셔 넣고, 그래서 그런 걸 보면, 보라고 내가 다시 다 끌어 내 놓고 하나하나 정리한다. 그러면 옆에 와서 같이 한다. 그러면 나는 중얼거리며 쳐다보지도 않고 정리해 놓는다. 그리고 내 방문을 닫고 "으유, 저것도 치운 거라고 저러고 있다니." 하고 내 방도 다시 치운다.

이제는 살림살이에서 물러서려고 해도 예전에 하던 버릇이 있어서 눈에 거슬린다. 하지만 지금 새엄마도 열심히 하니까, 말도 잘 듣고 해 주는 밥을 먹고 다녀서 전처럼 힘들지는 않다. 그리고 학교와도 집 걱정이 없어져서 전보다 더 편하게 웃고 마음도 가볍다. 또 학교 끝나고 아이들이랑 다니고, 하고 싶은 것도 하면서 보통 아이들과 다를 바 없이 평범하게 지내면서 학교 다닌다. (1996년)

4부 번개치는 날

— 이웃과 자연

내가 본것

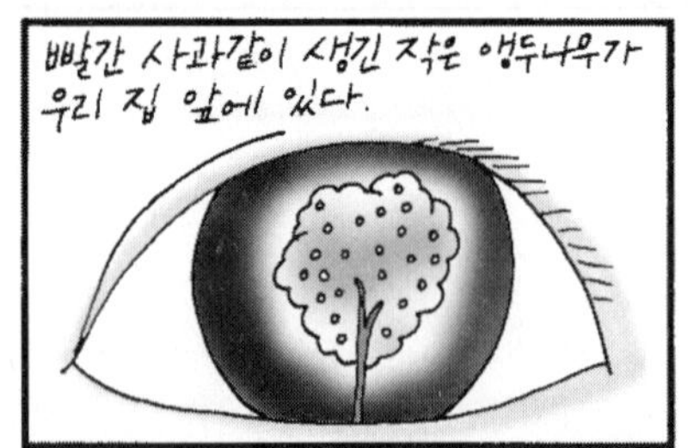

집에 빨리 가고 싶다.
앵두 따 먹으러.

요즘은 내가 설거지를 한다.
퐁퐁

엄마가 퐁퐁을 못 쓰게 하기 위해서이다.
엄마!!!

합성 세제가 얼마나 우리 환경을 오염시키는지 알아?
퐁퐁

이도 소금으로 닦고 음식찌꺼기는 개밥으로 주고…
알았어- 알았어-

난 그것들을 숨겨 두었다. 그러면 엄마는 그것을 사러 슈퍼에 가신다.
퐁퐁 어디 갔지? 사 와야겠네

또 네가 숨겼지?
몰러…

엄마가 설거지를 하기 전에 내가 설거지를 한다. 이 방법밖에 없다.

며칠 후…
이제 퐁퐁 안 쓸게 들어가 공부해라.

이겼다. 헤-헤

우리집 하늘 위에 먹구름이
잔뜩 몰려오더니…

쾅~
엄마 아빠도
안계신데
큰일이네.

플러그는 다 빼.
빨리~

천둥 번개가 무섭게 내리치고
콰광~
세상에

지리릿~
지리릿~
꺄악~
불·불이야~

우린 너무 무서웠다.
엄마~
살려
주세요~

어~
금세 비가
그쳤네.
잠시후 언제
비가 왔는지 모르게
날이 쨍쨍하게 맑아졌다.

잠깐 사이 우린 무섭기도 하고
신기하기도 했다.
살다가 보니
이런날도
있네…

우리 아파트에는 자질구레한 일을
하시는 두 분이 계십니다.

아주머니는 아담한 키에 한쪽 눈이
나쁘시고 아저씨는 다리를
좀 절고 오른손이
좀 뒤틀려
있습니다.

두 분은 무척 부지런하십니다.
와~ 벌써
나오셨네.

사람들은 두 분을 멀리합니다.
초라한 옷에 장애자이고
냄새 때문인 것 같습니다.

사람들이 엉망으로 버린 분류함을
두 분은 정리하십니다.
병
프라스
종이

엉망인 쓰레기를 보면 나는 마구
화가 나는데 두 분은 말이 없으십니다.
이거뭐야

아무도 안 하려고 서로 눈치보고 피하는
일들을 서슴지 않고 열심히 하시는
두 분이 참 고맙습니다.

난 두 분이 사람들과 잘 어울리고
건강하셨으면 좋겠습니다.

번개치는 날

경남 거창 혜성 여자 중학교 1학년 최은경

햇볕이 쨍쨍 내리쬐면서도 갑자기 굵은 빗방울이 듬성듬성 떨어졌다. 동생과 나는 마당에 널어놓았던 빨래를 빨리 걷었다. 다행히 빨래는 젖지 않았다.

천둥과 번개가 치며 우리에게 겁을 줬다. 맞은편 하늘은 파란데 우리 집 위 하늘에만 먹구름이 잔뜩 끼어 있었다.

부모님은 밭에 일하러 가셔서 집에는 동생과 나밖에 없어 더 무서웠다. 그래서 온 집을 급히 뛰어다니면서 플러그란 플러그는 모두 뺐다. 냉장고 플러그만 두고.

굉장히 밝은 빛이 '번쩍.' 하더니 동시에 기절할 것같이 큰 천둥소리가 고막이 터질 듯이 울렸다. 무서워서 쇠로 된 물건은 모두 끝을 땅바닥을 향하도록 놔 두고 방 한가운데 엎드려 있었다. 그래도 무서워서 '성가정 상'을 보며 거의 울기 직전으로 기도를 드렸다.

그러다가 좀 잠잠해지는 것 같아서 하늘을 보니, 번개가 우리 집

바로 앞 전봇대에 곧바로 떨어졌다. 그래서 전봇대에서는 불이 났고, 전깃줄들은 '지리지리지지지'거리면서 파란 선 같은 것이 전깃줄을 감쌌다. 그러더니 전깃줄에 붙은 불은 무섭게 내리는 비로 인해 곧 꺼지고 연기가 났다. 내 동생은 플러그 뽑으러 간 사이에 일어난 일이어서 나 혼자 봤다. 그래서 더욱더 겁이 났다. 간이 떨어졌다가 붙었다.

좀 있다가 밭에 일하러 가셨던 부모님이 돌아오셨다. 비가 너무 많이 와 물이 내려가는 구멍이 막혀, 엄마는 구멍을 뚫고 아빠는 주위 청소를 했다. 엄마, 아빠는 처마 밑에서 한참 하늘을 바라보셨다.

조금 후에 비가 그치고 햇볕이 쨍쨍 내리쬐었다. 그리고 금세 마당이 말랐다.

하늘을 보니까 그냥 한숨이 나왔다. 비가 그치고 나니까 언제 비가 왔는지도 모르게 날이 쨍쨍하게 맑았다. 살다가 보니 이런 날도 있다니. (1999년 8월 16일)

강아지

강원 속초 속초 중학교 3학년 이정선

내가 가장 기뻤을 때는 우리 집에서 기르던 개가 새끼를 낳던 때다. 그 때 난 5학년이었다. 한창 더운 때였다. 난 전에 시골에 살아서 여름엔 강으로 수영도 갔다. 그럴 때면 우리 개는 날 따라오곤 했다. 배가 축 처지니까 그 때부턴 따라오지 않았다.

수영을 하면 몹시 피곤했다. 그래서 일찍 잤는데 방 창문 밖에서 "끙, 끙!" 하는 소리가 들렸다. 난 우리 개 소리임을 알았다. 그리고 얼른 일어나 불을 켜고 손전등을 찾아 뒷마당으로 갔다. 엄마를 깨우지 못해서 혼자 깜깜한 곳으로 개를 찾아갔다. 풀벌레 소리가 귀신 우는 소리처럼 들렸다. 정말로 무서워서 그냥 들어가 잘까 했다.

손전등을 비추며 찾아봤지만 개가 없었다. 소리는 들리는데 찾을 수가 없었다. 그래서 포기하려고 그러는데 앵두나무 밑에서 눈이 초록빛으로 번쩍하는 것이다. 정말로 귀신인 줄 알았는데 우리 개였다. 개한테 가려고 하니까 개가 "끄응!" 하던 걸 멈추고 날 보는 것이다. 그 때, 엄마가 잠옷 차림에 뛰쳐나와서 나한테 말했다.

"개가 새끼 낳는 걸 다른 사람이 보면 에미가 물어 죽이니까, 언능 들어가!"

엄마 말에 그런가 보다 하고 들어가 자고 나서, 아침에 몰래 봤는데, 눈을 안 뜬 네 마리가 어미개 젖을 물고 있었다. 한 마리가 더 있었는데 죽어서 엄마가 치웠다 했다. 내가 엄마에게,

"어미개가 물어 죽였어?"

그러니 엄마는,

"아니야, 어미개가 한 마리만 따로 창고 앞에 낳아서, 죽었어."

했다. 그게 진짜 아쉬웠다. 하지만 그 네 마리의 새끼 강아지를 봤을 때는 정말 기쁘고 행복했다. 홀쭉해진 어미개의 배를 보니 마냥 좋았다. 이제 수영하러 갈 때도 나를 따라오겠지 하며 생각하니 정말 좋았다. 내가 가장 기쁘던 때였다. (1998년)

염소

강원 속초 속초 여자 중학교 1학년 전수연

우리 집은 아파트이다. 그래도 우리 집은 염소를 키우는데, 그 염소는 내 꺼다. 작년 여름 방학 때 아빠께서 사 준 것이다. 나는 어떤 동물이라도 다 좋아하기 때문이다. 살 때는 숫놈과 암놈 두 마리를 샀는데, 지금은 새끼를 낳아 세 마리로 불었다.

염소 집은 아파트 뒤 낮은 산에 있는데, 우리 집 안에서 봐도 염소 집이 보인다. 염소 집 바깥으로 넓게 울타리를 쳐서 그 안에서 풀을 뜯어 먹는다. 깜깜해지면 집 안으로 들어가서 잔다.

그런데 요즘 숫염소가 울타리를 타 넘어와 염소 집 앞에 있는 밭 채소를 몽땅 뜯어 먹는다. 그 밭은 어떤 아줌마네 밭이다. 전에도 이런 일이 있었다. 그래서 그 아줌마는 우리 집까지 찾아와, 애써 심어 놓은 채소 어떡할 거냐고 막 화를 내고 간 적도 있다.

아빠는 염소만 나오면 온갖 주름살이 다 지게 인상을 찌푸리고 매우 속상해하신다. 그럴 때마다 아빠는 울타리를 더 높게, 아빠 키보다 훨씬 높게 만든 다음, 구멍난 곳이 없나 다시 살핀다. 그렇게 하는데도 숫염소는 귀신같이 잘도 나온다. 아빠는 어쩔 수 없이 숫염소를 매일 짧은 끈으로 묶어 놓는다. 그래서 내가 학교에서 돌아와야만 풀어 준다.

아침부터 짧은 끈에 묶여 제대로 못 먹다가 내가 와야 풀을 정신없이 뜯어 먹는다. 난 학교 종례 시간에도 염소 생각밖엔 안 난다. '지금은 배가 고파서 음메 하고 울고 있겠지?' '비가 오면 어쩌지?' 하고……. 종례가 늦게 끝나면 집에도 안 들르고 교복 입은 채로 책가방 메고 곧바로 염소 집에 간다. 내가 오면 반가운 듯 "음메." 하고 운다. 숫염소의 뱃가죽이 달라붙을 것만 같다. 얼마나 배가 고플까?

그러던 어느 날, 아빠가 나에게 이렇게 물어 오는 것이었다.

"수연아! 우리 그냥 숫염소 팔까?"

하고 심각하게 물어 오신다. 나는 깜짝 놀라 아무 대답도 안 했다.

"염소는 너 꺼니까 너 맘대로 하는데, 숫염소만 팔면 5만 원 줄게."

하고 다시 물어 오시지만 나에게는 5만 원보다 염소가 더 소중하다. 만약 숫염소를 팔면 지금부터라도 염소에게 잘 해 줘야지 하곤 한다. 매일 괴롭히고 울타리를 넘어 나오면 때리기만 하고 나쁜 주인이었다.

암염소가 새끼를 또 낳으면 염소만 네 마리가 된다. 그래도 난 숫염소를 팔게 내버려 두진 않을 것이다. (1994년)

우리 집 앞 앵두나무

강원 속초 설악 여자 중학교 2학년 김현경

우리 집 앞에는 작은 앵두나무 하나가 있다. 작지만 앵두는 열렸다. 앵두는 아주 빨갛게 익어 만지기만 해도 뭉그러질 것 같다. 뿌리에서 가지가 많이 뻗었다. 뻗고 또 뻗고.

앵두를 따 먹으려면 조심히 잘 따야 안 터진다. 앵두를 자세히 보면 아주 빨간 사과 같다. 앵두나무엔 벌레도 참새도 찾아와 앵두를 쪼아 먹는다. 앵두가 많아 나 혼자 먹기 힘든 앵두에 난 욕심을 쏟는다. 참새 오면 쫓아 내고, 벌레 나오면 떨어뜨리고, 다 뭉그러져 약간 마른 것도 먹는다.

우리 집 앵두나무는 지금 많은 일을 하고 있다. 참새의 먹이, 벌레의 먹이, 또 우리의 먹이도 돼 주고 작은 벌레 알들의 집이 돼 주기도 한다.

가끔 우리가 아닌 다른 사람이 따 먹기도 한다. 나 혼자 먹기도 아까워서 벌레도 참새도 못 먹게 하는데 딴판 모르는 사람에게 따

먹히다니. 내가 너무 욕심을 냈나? 지금은 빨랑 따 먹으려고 학교 갔다 오자마자 앵두나무로 가 앵두를 따 먹는다. 다른 사람 먹이론 안 줘도 이젠 참새 먹이로는 준다.

앵두를 먹고 나서 씨앗을 입 안에 물었다가, 동생이랑 씨앗 싸움을 한다. 씨앗을 입에 물고 있다가 뱉는 거다. 누가 멀리 뱉는가.

그리고 또 이 앵두나무에 대해 동화 하나 지으려 한다. (1996년)

엄마, 물을 살려야죠

강원 속초 속초 여자 중학교 1학년 김지영

요즘은 내가 설거지를 한다. 왜냐 하면 엄마가 퐁퐁을 못 쓰게 하기 위해서이다. 엄마한테, 학교에서 들은 우리 환경 오염에 대한 얘기를 하나도 빠뜨리지 않고 고스란히 전해 준다. 그렇기 때문에 우리도 합성 세제 쓰지 말고 소금으로 이빨 닦고, 남은 음식 찌꺼기는 모두 개밥으로 주자고 말한다.

하지만 엄만 내 말을 잘 안 들으신다. 내가 우리 선생님처럼 남을 잘 설득시키지 못하나 보다. 난 입 아프게 기껏 말하는데 말이다.

그래서 난 우리 집에 있는 치약, 퐁퐁, 샴푸를 숨겨 놓았다. 그런데 엄마는 내가 숨겨 둔 것을 또 사고 말았다. 그래서 난 또 숨겼다. 엄마는 날 보고 막 나무라신다. 엄마는 설거지를 하려고 하면 퐁퐁이 없다고 슈퍼에 가신다. 몇 번 엄마와 난 이런 장난 같지도 않은 장난을 했는데, 자꾸 사고 숨기고 사고 숨기고 하는 것도 쓸데없는 낭비다. 쓰지도 않을 건데 말이다.

그래서 엄마가 설거지하기 전에 내가 설거지를 한다. 못 쓰는 그릇에 밀가루를 넣어서 밀가루를 조금씩 사용해서 설거지를 한다. 그런데 밀가루를 사용하는 것도 물을 오염시키는 것이다. 밀가루를 쓰면 물이 뿌옇게 되기 때문이다. 그래서 결론은 아무것도 안 쓴다. 냄비 같은 것 좀 안 닦이는 것은 내가 숨겨 놓은 퐁퐁을 한 방울씩 떨어뜨려서 설거지를 한다.

며칠 동안 내가 설거지하는 것을 보시고는 엄마는 내가 설거지하려고 싱크대 앞에 서니깐, 이젠 퐁퐁 안 쓰고 그냥 할 테니 들어가 공부하라고 하셨다.

결국은 내가 이겼다! (1994년 9월 28일)

우리 동네 부지런하고 착한 두 분

강원 속초 설악 여자 중학교 2학년 이수정

저는 주공 3차 아파트에 삽니다.

제가 소개할 사람은 저희 아파트 미화를 맡고 계신 아저씨, 아주머니이십니다. 이 두 분은 제가 6시쯤 하품을 하며 밖으로 나오면 벌써 1층부터 저희 집 앞 11층까지 쓸고 닦고 하십니다. 아주머니는 작고 아담한 키에 한쪽 눈이 좀 나쁘시고, 아저씨는 한쪽 다리를 좀 절고 오른손은 좀 뒤틀리셨습니다. 엘리베이터 안은 김치 국물, 고기 비린내, 아이들의 오줌 들로 늘 지저분한데 아저씨, 아주머니는 자존심도 안 상하시는지 늘 깨끗하게 닦습니다.

아저씨는 주로 힘든 일, 1층에서 물을 담아 와서 아주머니에게 가져다 주면 아주머니는 그 양동이를 받아 유리를 닦습니다. 키가 작으셔서 높은 곳을 닦을 때 뒤꿈치를 들고 한쪽 손을 힘껏 위로 올려 닦으면, 옆에 계신 아저씨가 아주머니가 안쓰러운지 아주머니를 꼭 잡아 드립니다.

그런데 사람들은 이 두 분을 멀리합니다. 초라한 옷에 장애자고 지저분한 쓰레기 냄새 때문인 것 같습니다.

그리고 저희 아파트는 부녀회에서 재활용품을 수집해서 아파트 단지 안에 할아버지, 할머니를 도와 드립니다. 그러나 분리 수거함은 잘 나열되었는데 사람들은 귀찮은지 마구 버립니다. 이 일은 분명히 부녀회가 하는 일인데…….

이 두 분은 엉망으로 섞인 분류함을, 팩은 팩, 깡통은 깡통끼리 잘 정리하십니다. 몸도 불편하신데 깡통을 발로 밟으셔서 우그러뜨려 공간이 낭비되지 않도록 하십니다. 또 사람들이 쓰레기 종량제 봉지 고리를 묶지 않은 채 버려서 다른 쓰레기에 밀려 쓰레기가 다 쏟아지곤 합니다. 나는 이 경우만 봐도 화가 머리 꼭대기까지 솟구치는데, 이 두 분은 웃으며 무어라고 중얼거립니다. 아마도 '돈을 좀 써서 다른 봉지에 좀 나누어 담지.' 하고 말씀하셨을 것입니다.

우리 아파트 반장 아주머니께서 장롱을 새로 들여놓으셨는데 전에 쓰던 농장을 그 두 분에게 갖다 드리니 아주머니께서 기뻐하셨다는 말을 어머니께 들었습니다.

아무도 하지 않고 서로 눈치 보며 피하는 일들을 서슴지 않고 열심히 일하시는 아저씨, 아주머니께 감사드리고 사람들과 잘 어울리셨으면 합니다.

앞으로도 이 두 분이 저희 아파트를 잘 정리 정돈해 주셨으면 합니다. 서로 노력하면 더 좋겠습니다. (1995년)

우리 동네 사람들

강원 속초 속초 여자 중학교 1학년 권현지

우리 동네는 아주 조그마하다. 어촌이면서 모래밭에 연탄재를 깨어 놓고 밭을 일구어 채소도 가꾼다. 우리 집은 아버지께선 문어를 잡고 할머니와 집안 사람들은 꽃밭과 밭을 가꾼다. 대부분이 고추, 배추, 상추, 당근이고 꽃과 나무는 무화과, 장미, 감나무, 국화, 봉선화, 무궁화이다. 여름엔 고추와 상추 같은 것을 따서 나누어 먹기도 한다.

옛날에 북한에 같이 살던 사람들이어서 모두가 잘 한다. 그래서 한 곳에 모여 있기 때문에 가족을 잃은 설움에 이웃이 모여 친목회라는 계도 만들어서, 여름에는 음식을 만들어 놀러 가 보물찾기도 하고 옛 이야기도 하며, 사진도 찍는다.

요즘은 대부분이 거진, 울산 같은 데로 이사 갔다. 하지만 친목회 하는 날은 밤차를 타고 올라와서 친목회 회장님 댁에서 잠을 자고 같이 온다. 나도 몇 번 따라가 봤는데, 울산에서 한 분이 올라오셔서 여간 반가워하는 게 아니었다. 우리 할머니도 다리가 아프셔서 잘 못 돌아다니셔서 몇 번 못 갔는데 저번에는,

"죽기 전에 고향 사람들 한 번 더 보고 죽어야지."

하시면서 함께 간 적이 있었다.

그리고 채소나 생선 등을 많이 잡거나 많이 난 날은 집집마다 돌리고 우리는 조금밖에 못 먹는다. 난,

"왜 그렇게 많이 주나, 아깝게."

이렇게 말했더니 할머니께선,

"이러면서 정도 싹트고, 우리 혼자 먹긴 너무 많아서 욕심부리다 다 상해서 먹지도 못해."

이러시는 거다. 난,

"그래도."

하며 방으로 들어갔다.

지금은 사람들이 집도 크게 짓고 살지만 옛날엔 부엌 하나에 방 하나 해서 그 많은 식구들이 거기서 살았다. 돈을 벌어도 통일되면 북한 집에서 살겠다고 돈도 안 쓰고 차곡차곡 모아 놓았다. 지금도 보면 앞바다 쪽에 늙은 할머니들이 사는 곳은, 아직도 아쉬워서 집을 안 짓고 있는 조그마한 집이 많다. 그리고 다시 지은 집들은 다른 데서 이사 온 사람들 아니면 통일되긴 틀렸다며 아쉬운 마음에 다시 지은 것이다. 우리도 갯배 동네에서 살다가 윗동네로 이사 왔는데, 할머니 때문에 팔기가 아쉬워 세를 주고 왔다. 우리 식구말고도 통일을 기다리는 사람들이 모두 그렇겠지만 북한 얘기나 이산 가족 찾기, 통일 얘기만 나오면 귀를 기울여 듣고 본다.

그리고 우리 동네는 여름에 해수욕장도 아닌데 바다를 끼고 있어서 관광객이 많이 찾아온다. 우리 엄마, 아빠는 그 관광객들을 미워한다. 쓰레기를 버리고 주워 가지 않고 바다만 더럽히니 말이다. 그래서 친목회에서는 꼭 휴지를 다 줍고 온다. 저번에 한 번 안 줍고 오다가 아빠한테 들켜서 혼난 적이 있다.

그리고 나는 아이들과 수영을 하는데 덕분에 수영 솜씨가 조금씩 늘어 간다. 엄마는, 중학생인데 살 탄다며 올해는 하지 말라고 하는데, 내가 안 할 거 같애?

그리고 무엇보다 오염된 곳이 우리 동네다. 오징어 속과 사료 공장에서 나오는 폐수, 그리고 좁은 찻길 위의 차들이 뿜어 내는 매연, 특히 오징어 속과 폐수는 무엇보다 청초호를 오염시키는 원인이다. 그리고 가정에서 버리는 쓰레기 따위.

그리고 옛날에 갯배 동네에 살 때 채소밭을 지었는데 지금도 짓고 있다. 몇몇 사람들은 힘들다고 안 하고 그 땅은 놀고 있다. 우리도 할머니가 안 하면 잘 가꾸지 않는다. 그래서 봄, 여름, 가을에 철마다 두세 번씩만 내려온다. 할머니와 같이 잡초를 뽑았다. 그리고 흙을 일구고 씨를 뿌렸다. 처음엔 재미있을 것 같았지만 쉬운 게 아니었다. 저번에 심어 놓은 무를 뽑고 당근도 뽑았다. 당근을 씻어서 먹어 보니 너무 맛있었다. 지나가는 관광객이 "꼬마야, 그거 하나만 줄래?" "예."하고 나는 제일 잘생기고 큰 것을 주었다. "고맙다." 하면서 관광객은 갔다. 그리고 다 하고 집에 왔다.

우리 동네는 한마디로 요모조모 모여 있는 동네다. 통일을 제일로 바라는 곳일 거고, 제일 오염된 곳이고, 관광객도 많이 찾아오고,

고기도 잡고 채소도 기른다. 그리고 학교도 있고, 좁지만 차 두 대가 충분히 달릴 수 있는 도로도 있고, 규모는 작지만 청호 시장도 있다. 그리고 양양에서 열리는 오일장의 영향을 받아 정확히 5일인지는 모르지만 며칠마다 채소, 어류, 옷, 도자기, 화분, 이불 장사들도 오는 곳이다. 그리고 동네 사람들은 내가 생각하기엔 제일로 인정 많고 착한 사람들 같다. (1992년 6월 26일)

우리 동네 대포동

강원 속초 속초 여자 중학교 2학년 김소라

우리 동네 대포는 항상 관광객들로 붐빈다. 특히 여름이 되면 그들은 자가용을 몰고 와 우리 동네를 주차장으로 만든다. 우리 동네를 찾는 관광객들이 많아져 주차할 곳이 모자라 우리 동네 앞 모래사장은 시멘트로 칠해져 주차장이 돼 버렸다. 그래서 우리는 하얀 모래 대신 주차장의 흰 줄과 자가용들을 봐야 한다. 관광객들은 우리 동네를 자신들만의 유원지쯤으로 생각하는 것 같다. 그래서인지 우리 동네는 항상 흥청거린다.

우리 동네 사람들은 주로 고기를 잡거나 관광객들을 상대로 하는 장사로 먹고 산다. 길가에 즐비하게 늘어서 있는 횟집 안에는 언제나 사람들이 있다. 단체 관광객들을 비롯해서 유명한 연예인들까지 수없이 많은 사람들이 회를 먹고 간다. 대포에 와서 회를 안 먹고 가면 안 되는 것처럼 말이다. 등대 옆에는 아줌마들이 천막을 치고 회를 판다. '뚱순네' '가재네' '날치네' 따위. 아줌마들의 가게 이름은 참 재미있다. 그런데 거기서 회를 파는 아줌마들과 횟집들은 사이가 안 좋다. 아줌마들이 횟집보다 더 싸게 팔아서 횟집 장사가 안 되기 때문이다. 그래서 서로 시비가 붙어 작년 여름에는 뉴스에서만 보던 데모도 하고 그 바람에 생전 처음 매스컴도 타 봤다. 그래서 결국은 시에서 아줌마들을 부둣가에서 지금의 등대 옆으로 옮기게 한 것이다. 나는 잘 알지 못하지만…….

아줌마들이 회를 파는 것에 말이 많은 횟집 사람들이 그리 맘에 들지 않는다. 횟집들은 돈이 많지만, 배를 타는 것만으로는 살기 힘든 사람들이 우리 동네에는 더 많기 때문이다. 그리고 그 아줌마들은 내 친구의 엄마이고 우리 옆집 아줌마들이기 때문이기도 하다.

우리 동네에서는 민박을 많이 한다. 여름철에는 손님들이 많다. 민박 손님은 주로 대학생들인데, 어떤 집은 자기 집 안방에도 민박을 해서 가족들은 부엌에서 자기도 한다. 손님이 많으면 돈을 몇 배나 비싸게 바가지를 씌워서 받는다. 어떤 때는 자기 집 마당에 텐트를 치고 자는 것도 몇만 원씩 받기도 한다. 그럴 때면 사람들이 꼭 돈에 혈안이 된 장사꾼같이 보인다.

우리 동네 사람들은 참 부지런하다. 회를 팔려면 아침에 빨리 고기를 받아 와야 하기 때문이다. 그래서 사람들은 아침 일찍 일어난다. 그리고 내일을 위해서 일찍 잔다. 자신을 위해 보내는 시간이라고는 고작 아저씨들끼리 모여서 고스톱을 치거나 술을 마시고, 아줌마들은 아줌마들끼리 모여서 얘기하는 정도다. 다른 동네 아줌마들이나 우리 동네에 오는 관광객들처럼 허리에 군살을 빼 볼 생각도 없고, 그렇다고 골프니 헬스니 수영이니 또는 교양 강좌라도 들으러

다닌다든지 그런 것들로 시간을 보내지도 않는다. 언제나 부지런히 일하면서 열심히 살지만 그렇다고 아주 잘 사는 것도 아니다.

하지만 마음이 여유가 있다. 그래선지 우리 동네 집들엔 다들 장미나무가 있다. 그리고 복날 언제 잡아먹을지도 모르는 개도 한 마리씩 키운다. 우리 동네엔 개가 많아서 한 마리가 짖으면 다 따라 짖기 때문에 밤에 동네 개들이 짖는 소리는 참 시끄럽다.

우리 동네 사람들은 오징어를 잡아 와서 팔기도 하지만 몇 마리는 자기 집 옥상이나 빨랫줄에 걸어 놓고 말린다. 그러면 항상 파리가 달라붙어서 날아갈 줄 모른다. 그러면 사람들은 손을 휘저어 쫓기도 해 보지만, 그럴 때마다 다시 달라붙어 아예 쫓지도 않는다. 다른 사람들이 보면 불결하다고 생각하겠지만 우리 동네 사람들은 그것을 당연하게 여긴다. 그리고 오징어가 다 마르면 한두 마리쯤은 이웃집에 나눠 주기도 한다. 서로 이런 것들이 오가며 친해지고 이웃이 된다.

나는 고기를 잡고 장사를 해서 살아가는 우리 동네 사람들이 좋지만 가끔씩은 그 직업이 부끄러울 때도 있다. 그건 학교에서 부모님 직업란에 고기 장사나 어부라고 쓰기보다는 회사원이나 공무원이 더 그럴싸하게 보이기 때문이다. 그래서 부모님들은 우리더러 공부 열심히 해서 하얀 와이셔츠 입고 펜대 굴리는 사람이 되라는지 모른다. 나도 내가 커서 어부의 아내나 등대 옆에서 회를 파는 뚱순네 아줌마는 되고 싶지 않다. 어쩌면 이런 내가 이중적일지도 모른다. 아니면 우리 동네에 오는 관광객들을 보고 상대적으로 우리 동네 사람들이 천하다고 느껴 왔는지도 모르겠다.

당연한 것이겠지만, 우리 동네 사람들은 관광객들에 비해 촌스럽다. 아줌마들의 비린내가 배인 몸빼 바지나 아저씨들의 무릎이 툭 튀어나온 바지는 관광객들의 잘 차려입은 옷에 비하면 너무 초라하다. 아줌마들은 굵게 볶은 파마머리를 한 번 빗은 것 같지도 않고, 억세고 굵은 손마디는 꼭 남자 손 같다. 그런데 관광객들은 피부도 뽀얗고 야들야들해서 고생이라고는 한 번 해 본 것 같지도 않다. 물론 안 그런 사람도 있지만. 또 그 사람들의 서울 말씨는 애들 입에서 거침없이 나오는 상소리와 우리 동네 사람들의 거센 억양을 무색하게 한다. 나도 상소리를 잘 하지만, 그걸 고치고 싶지는 않다. 그리고 그것이 관광객들 앞에서 내 말투가 부끄럽지 않기 위한 것이라면 더더욱 그렇다.

우리 동네 아이들은 항상 조금은 무식하고 촌스러운 우리 부모님들과 그런 부모님들에게 돈을 주고 회를 사 먹는 관광객들을 보며 자라 왔다. 그래서 내가 가지고 있는 관광객들에 대한 안 좋은 감정이 이런 데서 느끼는 열등감 같은 것이란 생각도 든다. 그러나 관광객들이 우리들에게 좋지 못한 영향을 준 건 사실이다. 우리들은 피서철에 놀러 온 관광객들의 옷차림을 보며 그런 옷차림을 따라서 한다. 또 우린 관광객들의 무질서한 행동과 우리 동네에서의 시간을 위한 헤픈 돈 씀씀이를 당연하게 생각한다. 그런 것을 보고 자라며 또 그런 것들에 익숙해지면서 점점 우리 자신의 것을 잃고 우리도 관광객들처럼 되어 간다.

사람들은 힘든 고기잡이 대신 관광객들을 이용한, 돈 더 잘 버는 일로 바꾸고 싶어한다. 어쩌면 그것이 더 현명하고 융통성 있는 것인지도 모른다. 그러나 나는 아직도 비린내 나는 고기잡이를 계속하고 그것을 팔아서 살아가는 우리 동네 사람들이 좋다. 우리 동네 사람들이 잡은 생선을 많은 사람들이 먹게 된다는 교과서적인 느낌이 아니라, 열심히 살아가는 우리 동네 사람들에게 정을 느끼기 때문이다. 그리고 자기의 고향만은 여전히 예전과 같기를 바라는 게 이기적인 생각일지 모르지만, 나는 우리 동네가 어촌 대포로 남길 바란다. (1994년 10월)

추천하는 말

희망과 용기를 가지게 하는 이야기들

이오덕(아동 문학가)

지난 여러 해 동안 글쓰기회 선생님들이 지도한 중고등 학생들의 글을 한 자리에 모은 책이 이렇게 나오게 되어 여간 반갑지 않습니다. 어른들의 글보다 아이들의 글을 더 즐겨 읽는 나로서는 중고등 학생들이 쓴 글을 모아 놓은 책을 보기가 어려운 사정에서 우선 좋은 읽을 거리가 나왔다는 생각이 들었습니다.

그런데 이 책 머리의 차례를 보니 학생들이 쓴 글을 몇 가지 글감으로 나누어 놓았는데, 그것이 우리 집 식구, 학교와 교실, 내가 하는 일, 살아온 이야기, 대강 이렇게 되어 있습니다. 중고등 학생쯤 되면 글감의 폭이 좀더 넓어야 하겠는데 어째서 겨우 이 정도밖에 안 되는가? 가령 요즘 온통 세상을 들끓게 한 미국의 고층 건물 폭파 사건이라든가, 아프가니스탄 전쟁 같은 것도 얼마든지 우리 학생들의 삶 속에 이어져 있는 문제로 될 수 있을 터인데 어째서 그런 글이 없는가 하는 것인데, 이런 일들은 이 문집의 글을 모으고 난 뒤에 일어난 일이겠다 싶기도 하지만, 남북 이산 가족 만남이라든가, 통일에 관한 이야기를 쓴 글이 어째서 없을까 하는 것입니다.

하지만 막상 이 학생들의 글을 읽어 보니 아하, 그렇지. 내가 우리 학생들의 현실을 너무 모르고 교육을 그저 머리 속에서만 생각하고 있었구나, 우리 학생들은 이렇게밖에 쓸 수 없겠구나, 하고 깨달아졌습니다. 중고등 학생도 글쓰기는 역시 '나'를 말하는 데서부터 시작하고, 부모와 형제, 집 안의 이야기부터 정직하게 쓰는 데서 시작해야 되겠구나, 하고 생각했습니다. 초등 학교에서 그렇게 해서 자기 삶을 가꾸어 오지 못했다면 중고등 학교에서 그렇게 시작해야 할 것이고, 중고등 학교에서 그런 글쓰기를 못 했다면 대학에 가서, 또는 사회에 나가서 그렇게 하는 수밖에 없겠습니다. 그래서, 지금 우리 나라에서는 거의 모든 어른들이 이런 참된 글쓰기 교육을 받지 못했기에 이제부터라도 사정이 허락되면 어른들도 아이들과 같이 글쓰기로 삶을 가꾸는 공부를 하는 것이 좋겠다고 생각합니다.

나는 처음에 이 문집의 원고를 그저 몇 편만 읽어서 이 글을 쓰려고 했습니다. 그런데 읽어 보니 재미가 있어서 자꾸 읽게 되어 그만 어느새 다 읽어 버렸습니다. 재미있었다는 것은 웃기는 이야기가 되었다든지, 재치 있게 글을 꾸며 썼다는 것이 아닙니다. 그런 글이라면 읽다가도 그만두었을 것입니다. 참 그렇구나, 하는 감동을 받았다는 말입니다. 이 학생들의 글에는 교과서는 말할 것 없고 신문이나 잡지나 그 밖에 어떤 책에서도 볼 수 없는, 우리 나라 아이들의 생생한 현실이 있고, 살아 있는 목소리가 있습니다. 그래서 이 글들은 때로 나를 울리고 때로 나를 웃기면서 깊은 생각에 잠기도록 했습니다. 이 학생들의 글은 우리 사회의 모든 것이

환히 비쳐 보이는 거울입니다. 이 거울 속에 우리 모두의 절망이 있고 희망이 있습니다.

더구나 이 학생들의 글 가운데는 참으로 기가 막히고 어처구니가 없는 이야기가 많습니다. 더러 이런 글을 읽고서 '이건 뭐 특별한 아이들의 이야기만 골라서 모아 놓은 것이겠지.' 하고 생각할 사람이 있을지 모르겠습니다. 그러나 이것은 결코 별난 아이들의 글이 아닙니다. 지금 내가 살고 있는 이런 시골의 조그만 마을만 해도 거의 집집마다 온갖 어처구니없는 비극이 있고, 그런 비극 속에는 또 어김없이 아이들이 그 비극의 주인으로 되어 있습니다. 그러니까 이 학생들의 이야기는 도시와 농촌과 어촌을 물을 것 없이 지금 우리 나라 전체 아이들이 살아가는 참 모습이라고 보아야 합니다.

이 학생들의 글에서 내가 가장 크게 감동한 것은, 이렇게 온갖 험난한 가시밭 길을 맨발로 걸어가는 아이들이, 어른들 같으면 스스로 목숨을 버리거나 부도덕한 짓을 저지르거나 할 터인데, 그런 역경을 놀랄 만큼 참고 이겨 내면서 꿋꿋하게 살고 있다는 사실입니다. 참으로 눈물겨운 일입니다. 여기서 비로소 우리 겨레의 희망을 보게 됩니다. 그리고 우리 어른들이 아이들을 어떻게 키워야 하는가, 정치를 어떻게 해야 하는가, 경제를 어떤 길로 가게 해야 하는가를 찾아 내게 됩니다.

나는 이 책을, 이 땅에서 아이들을 키우는 모든 부모님들께, 그리고 남의 아들딸들을 가르치는 모든 선생님들께 꼭 한번 읽어 보시도록 권합니다. 또 장학 일을 하는 분들과 교육 행정을 맡은 분들이 읽어 주시기 바랍니다. 정치를 하는 분들도 꼭 읽어 주셨으면 합니다. 왜 그런가 하면, 적어도 여기 이 아이들이 써 놓은 글에 나타나 있는 우리 학생들의 현실을 모른다면, 그런 사람은 부모 노릇을 할 수 없고, 교육을 할 자격이 없고, 장학이고 행정이고 하는 일을 맡을 자격이 없다고 생각하기 때문입니다. 나는 대통령도 우리 아이들이 교실에서 어떤 일을 벌이고 어떤 일을 당하고 있는가를 알아야 하고, 그런 것을 모른다면 그런 사람은 대통령이 되어서는 안 된다고 생각합니다. 그 까닭은, 학교의 교실에서 민주주의가 이뤄지지 않고 폭력이 지배한다면 그런 나라는 절대로 희망이 없기 때문입니다.

그러나 어른들보다도 더 학생들이 이 책을 읽어 주었으면 좋겠습니다. 이 책을 읽으면 아, 여기 우리 세계가 있구나, 이것이 진짜 우리 이야기고 나 이야기구나, 나도 이렇게 나 자신을 솔직하게 나타내면서 용기를 가지고 살아가야지, 나를 키우면서 굳세게 살아가야지, 하고 마음을 다잡을 수 있을 것이기 때문입니다.

지난 반 세기 동안 학교의 선생님들이 아이들에게 어떤 글을 쓰게 하였던가요? 제목을 정해 주면서 어떤 내용을 어떻게 쓰라고 가르쳤습니다. 무엇이든지 쓰고 싶은 것을 정직하게 쓰도록 하지는 않았습니다. 또 초등학생들은 어른들이 쓰는 동요나 동시를 흉내내어 쓰게 하였고, 땀 흘려 일하는 자기의 삶은 부끄러운 것으로 여겨서 숨기고, 다만 잘 먹고 잘 입고 놀면서 살아가는 사람들의 이야기를 남 따라 쓰는 것을 글짓기라 하여 말재주를 부려서 쓰도록 했습니다. 중고등 학교에서는 어른들이 쓴 수필이나 소설이나 시를 교과서로 배워서 그것을 모방하는 짓을 문예 창작이라고 하여 가르쳤습니다. 다시 또 얼마 전부터는 논술문 쓰기란 것이 모든 학생들의 관심거리가 되도록 해서, 어른들이 써 놓은 온갖 유식한 추상 논리를 머리로 익히도록 했습니다. 그래서 우리 아이들을 그들의 삶에서 철저하게 떼어 놓아서 병든 글재주꾼으로, 빈 말만 지껄이는 말재주꾼으로 만들었습니다. 이것이 바로 나라를 망치는 교육이 되었습니다. 이런 교육을 잘도 받아서 좋은 학교 나와 입신출세했다는 사람들, 높은 자리에 올라가서 국민들을 지도한다는 사람들 보십시오. 그들은 모두 말을 잘 하고 글도 참 유식하게 씁니다. 그러나 정직하게, 성실하게 일하는 사람은 거의 없습니다. 왜 그런가요? 거짓스런 글재주 말재주만 배워서 사라났으니 그렇게 될 수밖에 없지요. 그리고, 우리 국민 거의 모두가 우리 것은 무엇이든지 보잘것없고 부끄러운 것으로 여겨서 내버리고 싶어하면서 남의 것, 남의 나라, 더구나 서양 나라 것을 하늘같이 떠받드는 병든 마음을 가지게 된 까닭이 잘못된 교육에 있고, 그 교육 가운데서도 거짓스런 글짓기로 자기를 숨기고 남의 흉내만 내도록 하였기 때문입니다. 지난 반세기 동안 우리 온 국민이 이런 바보가 되는 교육, 비참한 흉내만 내는 동물이 되는 교육, 민족을 배반하는 교육을 받았다는 사실을 똑똑하게 알아두어야 합니다.

그래서 이 학생들의 글을 읽으라는 것입니다. 어른들이 어렵고 유식하게(어렵고 유식하게 쓴 글은 또 죄다 병든 외국말법으로 된 글입니다.) 쓴 책을 열 권, 백 권 읽는 것보다 이렇게 보고 듣고 생각한 것, 겪은 것을 정직하게 써 놓은 학생들의 문집 한 권을 읽는 것이 더 유익합니다. 이 책을 읽는 모든 학생들이 이 글을 쓴 학생들처럼 세상과 자신을 바로 보게 되고, 솔직하게, 그리고 떳떳하게 자신을 드러내어 보이면서 자신을 든든하게 세우고 키워 가게 된다면 얼마나 좋을까요. 부디 희망과 용기를 가지고 살아가시기 바랍니다.

2001년 11월

찾아보기

제목/쓴 사람, 지역 학교 학년/글 쓴 날짜/문집 〈쪽수〉

▶ 문집 이름이 없는 글들도 한국글쓰기교육연구회 선생님이 가르친 아이들이 쓴 글입니다. 지도한 선생님 이름은 따로 밝히지 않았습니다.

엮은이 한국글쓰기교육연구회

1983년 전국의 초등 학교와 중·고등 학교 선생님들이
모여서 어린이와 청소년의 참된 삶을 가꾸는 일을 연구하고
실천하려고 만든 모임입니다. 지금은 학교 선생님들뿐만 아니라
학교 밖 선생님들도 함께 올바른 글쓰기와 우리말을 바로잡는 일에
애쓰고 있습니다.

그린이 장현실

1964년 서울에서 태어나 여성, 장애를 주제로 한 만화를 주로 그리고 있습니다.
다운증후군 딸 은혜와 은혜와는 16년 차이 나는 둘째 아이를 키우며
《엄마, 외로운 거 그만하고 밥 먹자》 같은 책을 펴냈습니다.

중학생, 우리들이 살아가는 이야기

아무에게도 하지 못한 말

2001년 12월 10일 1판 1쇄 펴냄 | 2014년 10월 24일 1판 12쇄 펴냄 | **엮은이** 한국글쓰기교육연구회 | **그린이** 장현실 | **펴낸이** 윤구병 | **편집** 김은주, 남우희, 신옥희, 윤은주 | **디자인** 유문숙 | **제작** 심준엽 | **영업 홍보** 백봉현, 안명선, 양병희, 이옥한, 정영지, 조병범, 최민용 | **경영 지원** 임혜정, 전범준, 한선희 | **분해·제판** (주)아이·디 피아 | **인쇄** (주)미르 인쇄 | **제본** (주)상지사 | **펴낸 곳** (주)도서출판 보리 | **출판 등록** 1991년 8월 6일 제 9-279호 | **주소** 경기도 파주시 직지길 492 **우편 번호** 413-756 | **전화** (031)955-3535 | **전송** (031)955-3533 | **홈페이지** www.boribook.com | **전자 우편** bori@boribook.com

| 값 9,500원 | ISBN 89-8428-121-2 44810
ISBN 89-8428-119-0 (전 2권)